琼 瑶

作品大全集

还珠格格

第二部 2

生死相许

琼瑶 著

作家出版社

琼瑶，本名陈喆，作家、编剧、作词人、影视制作人。原籍湖南衡阳，1938年生于四川成都，1949年随父母由大陆赴台生活。16岁时以笔名心如发表小说《云影》，25岁时出版首部长篇小说《窗外》。多年来笔耕不辍，代表作包括《烟雨蒙蒙》《几度夕阳红》《彩云飞》《海鸥飞处》《心有千千结》《一帘幽梦》《在水一方》《我是一片云》《庭院深深》等。

多部作品先后改编成为电影及电视剧，琼瑶也因此步入影视产业。《六个梦》系列、《梅花三弄》系列、《还珠格格》系列等，影响至深，成为几代读者与观众共同的记忆。

琼瑶以流畅优美的文笔，编织了众多曲折动人的故事。其作品以对于梦的憧憬和爱的执着，与大众流行文化紧密结合，风靡半个多世纪，成为华文世界中极重要的文学经典。

我为爱而生，我为爱而写
文字里度过多少春夏秋冬
文字里留下多少青春浪漫
人世间虽然没有天长地久
故事里火花燃烧爱也依旧

　　　　　　　　　　复禄

第一章

　　这晚，乾隆到了宝月楼。他已经打定主意，要降伏含香。一进门就嚷：

　　"香妃，今天朕让人送来吐鲁番葡萄，你吃了吗？"

　　含香行回族礼，答道：

　　"谢皇上赏赐的吐鲁番葡萄和哈密瓜，因为来自家乡，都舍不得吃！"

　　"傻瓜！"乾隆兴致高昂地说，"那些水果，就吃一个新鲜。虽然是快马加鞭，从新疆运来，可是，路远迢迢，路上还是耽搁了好些日子，已经没有刚摘下来那么新鲜了。你再放着，舍不得吃，岂不是要腐烂了吗？快！拿出来吃吧！朕陪你吃！"

　　"是！"含香回头对维娜、吉娜说，"去拿来！"

　　维娜、吉娜去拿水果。乾隆就走到含香身边，伸手去拉她的手，柔声地问：

"这些日子，还想家吗？"

含香轻轻一闪，像是跳舞一样，闪开了乾隆。乾隆的手拉了一个空，但是，他也不生气，好脾气地说：

"朕已经下令，要为你建一座伊斯兰教的礼堂，等到建好了，你就可以去祷告了。朕也下令，给你建一个回族营，迁一些你的同乡们来住，那么，你就不会这么寂寞了！朕知道你还有两个哥哥，干脆把他们都迁到北京来，如何？"

"谢谢皇上这么费心！哥哥们都已经结婚，有了家眷，恐怕不能来！皇上的一片苦心，含香心领了！"

乾隆再伸手去拉她：

"过来一点，朕不会吃了你！"

含香又一闪，再度闪开了他。这次，乾隆有些恼怒了，却按捺着。

维娜、吉娜端了葡萄和哈密瓜出来，放在桌上。

乾隆走过去，摘了一颗葡萄，自己吃了。

"嗯，确实很甜！"乾隆说，"朕听说新疆有一句话：'吐鲁番的葡萄哈密瓜，新疆的女儿一枝花！'今天，朕吃着吐鲁番的葡萄，看着新疆的美女，还闻着这股幽香，朕才深深地体会这两句话，实在不是夸张！"就再摘了一颗，送到含香嘴边去："你也吃一颗看看！别给朕吃光了！"

含香被动地吃了。乾隆感到异香扑鼻，熏人欲醉，不禁心动。

"从来没有一个妃子，进门到今天，这么久了，朕还不能接近的！"乾隆咬牙说，就猝然一把把含香拉进怀里，"今晚，不管你愿不愿意，朕要让你这个妃子当得名副其实！"

含香大惊，急忙挣扎，喊：

"皇上！请放尊重一点！你说过，不会勉强我！阿拉真神在上面看着呢！"

"让它看吧！朕相信你的阿拉真神，已经见多了男欢女爱！"

含香拼命挣扎。

"放开我！放开我！"就用回语对维娜、吉娜喊了一句什么。

维娜、吉娜明白了，立刻转身，奔了出去。含香盯着乾隆，哀求地说：

"皇上，含香进宫以来，对皇上充满了敬佩，觉得你是个顶天立地的人物，希望你不要破坏了我这个印象！"

"你的话说得很好听，可是；朕对于这些空话，已经没有兴趣了！"乾隆就用力把她压进怀里，眼光炯炯地看着她，咬牙切齿地问，"告诉朕，你还在想那个回人吗？那个人，还活在你心里吗？"

含香勇敢地回视着乾隆，低而清晰地回答：

"是！他还活在我心里！"

乾隆没料到她答得这么直截了当，气坏了，一反手，用手背挥了她一耳光。含香摔落在地，嘴角溢出一丝血迹。她用手拭去血迹，仍然一瞬也不瞬地看着乾隆。眼里，闪耀着一种"威武不能屈"的光芒。

"你可以打我，可以杀我，可以占有我……你就是没有办法，把他从我心里赶走！他永远活在那儿，像天山一样，无法移动！"

乾隆气得脸色发青，大声一吼：

"你胆敢跟朕说这种话！你把朕看成什么了？"

"我把你看成一个英雄！记得你说过一句话，如果在这种情势下占有了我，你和一个强盗土匪，就没有什么两样！我认为，你不会轻易让自己变成强盗土匪！"

乾隆恼羞成怒了：

"你放肆！朕不在乎当不当英雄，如果朕没有办法赶走你'心里'的人，朕只好退而求其次，要了你这个人！"

乾隆说着，就扑了过来。含香跳起身子，满屋子闪躲。

就在这种情形下，门外，有太监高喊：

"还珠格格到！紫薇格格到！"

乾隆大惊，还没回过神来，小燕子和紫薇已经冲进门来。

紫薇手里抱着她的琴，一进门就大声喊着："香妃娘娘，你说要和我一起弹琴，我把我的琴带来了！"她猛然刹住步子，故作惊奇状："哎！皇阿玛！你也在这儿！"

小燕子嘻嘻哈哈地奔过来，惊喊："哎呀！有葡萄！我好久没有吃葡萄了！"摘了一颗放进嘴里："好吃好吃！皇阿玛，你真不够意思，有好东西吃，也不通知我一声，一个人悄悄地吃。这么好吃的葡萄，我从来都没有吃过！你明明知道，我最爱吃了！"

乾隆被紫薇小燕子这样一闹，又惊又怒，却不好发作，生气地问：

"你们两个丫头，懂不懂礼貌？要进房间，先要看看状况，这毕竟是妃子的房间，朕在这儿，你们就该回避一下！"

小燕子睁大眼睛，一副天真无邪的样子，问：

"为什么？每次我去令妃娘娘那儿，你也没有要我回避！而且，是你自己说的，要我们常来陪陪香妃娘娘！"

乾隆被塞住了口，气得掀眉毛瞪眼睛。

含香惊魂未定，站在远远的一边。

紫薇抱着琴过来，对乾隆福了一福：

"皇阿玛！你不要生气，我们和香妃娘娘练了一首歌，是用回族乐器和这把琴合奏出来的！我们唱给你听！唱完了，我们两个立刻'回避'，好不好？"

乾隆还没说话，小燕子就不由分说地拉着乾隆，走到桌前，嚷着说："来来来！你坐这里。我们两个格格、一个妃子，为你表演！这可是'千载难逢'啊！"说完，自己惊喊起来："皇阿玛！我用了一个成语！是不是？一个成语耶！'千载难逢'！没有用错对不对？我学会成语了！值得奖励吧！你就奖励我一下，听我们唱歌！我现在好想唱歌！"

乾隆被搅得头昏脑涨，啼笑皆非，只得坐下，心烦意躁。

紫薇拉了含香过来，三个女子，就弹琴的弹琴，打鼓的打鼓，弹回族乐器的弹回族乐器，大家看着乾隆，开始唱一首歌：

"当山峰没有棱角的时候，当河水不再流，当时间停住，日夜不分，当天地万物，化为虚有，我还是不能和你分手，不能和你分手！你的温柔，是我今生最大的守候……"

乾隆不由自主，被这歌声吸引住了。

"当太阳不再上升的时候，当地球不再转动，当春夏秋冬，不再变换，当花草树木，全部凋残，我还是不能和你分手，不能和你分手！你的笑容，是我今生最大的眷恋！"

三人唱着，心里各有所爱，每个人眼里，都绽放着光彩。

"让我们红尘作伴，活得潇潇洒洒，策马奔腾，共享人世繁华！对酒当歌，唱出心中喜悦，轰轰烈烈，把握青春年华……"

歌声中，小燕子和紫薇似乎都看到自己和永琪、尔康驰骋在草原上。含香也看到自己正和蒙丹驰骋在草原。

"让我们红尘作伴，活得潇潇洒洒，策马奔腾，共享人世繁华！对酒当歌，唱出心中喜悦，轰轰烈烈，把握青春年华……"

一曲既终，三人的眼里都亮晶晶的，三人的脸颊都是红润的。

乾隆眩惑了，看着三人，被这歌声带进一种自己也不了解的感动里。

紫薇放下琴，起身，对乾隆屈了屈膝：

"我们献丑了！"

"很美的歌，谁谱的词？"

"是我！"紫薇说。

"好一个'让我们红尘作伴，活得潇潇洒洒，策马奔腾，共享人世繁华'！让朕也深深撼动了！但愿，朕也有这样一个红尘知己！"乾隆不禁心向往之。

紫薇凝视着乾隆，语气恳切地说：

"皇阿玛不是有了令妃娘娘吗？还有好多娘娘，都是皇阿玛的红尘知己啊！包括……我那个等一辈子的娘！"

乾隆一震，如同被当头打了一棒。

紫薇深深地凝视着乾隆，用充满感性的声音，继续说道：

"欧阳修说得好：'人生自是有情痴，此恨不关风与月！'有些事情，是'身不由己'，有些事情，是'心不由己'！我想，人类最没有办法勉强的事，就是感情了！"

乾隆瞪着紫薇，体会到紫薇的言外之意，十分震撼。这才了解，紫薇和小燕子，是特地赶来给香妃解围的！

紫薇和乾隆对视了片刻，乾隆终于站起身来，感到有些狼狈了。对香妃那股"占有欲"，也被紫薇和小燕子打断了。再看了含香一眼，只见她亭亭玉立，楚楚可怜，和紫薇小燕子站在一起，像是姐妹一样。他什么情绪都没有了，叹口气说："你们去唱歌，跳舞，谈心吧！朕不在这儿妨碍你们了！"说完，掉头而去。

小燕子和紫薇急忙送到门口，高声说：

"小燕子、紫薇恭送皇阿玛！"

紫薇和小燕子眼看乾隆走远了，这才转身。含香走来，感激地紧握住两人的手。大家都呼出一口气来。但是，三个姑娘心里都很明白，这种莽撞的"解围"办法，可一而不可再！下一次，不见得会有这么好的运气。何况，下一次之后，还会有下下一次！下下一次之后，还会有再下一次……三人眼里，就都是隐忧重重了。

尔康知道，紫薇虽然原谅了他，对他又甜蜜如初了，但是，紫薇心里的阴影，仍然存在。晴儿像是一块烙铁一样，烙在她的心上，一定时时刻刻，让她烧灼痛楚着。自从和紫薇冷战以后，他也仔细想过，如果易地而处，是紫薇有了另一个论及婚嫁的人，他会怎么样？这个想法，就让他惊得一身冷汗。将心比心，紫薇情何以堪？尔康知道他不能迟疑了，一定要快刀斩乱麻，解决这件事！他再也不要让紫薇伤心了，再也不能让她流泪了。

这天，在御书房，他终于求见了乾隆。

"尔康，你有什么事要和我单独谈？"

尔康正视着乾隆，恭敬而诚挚地说：

"皇上！臣恳求皇上，取消上次的提议，臣不能误了晴格格，再负了紫薇！如果让我同时拥有她们两个，一定不是我的幸福，更不是晴儿和紫薇的幸福，请皇上明察！"

乾隆很惊讶，看着尔康，问：

"是不是你已经和紫薇谈过了？听说，前几天紫薇和小燕子喝得大醉，还把慈宁宫闹得人仰马翻，是不是为了这件事？"

"都是臣的罪过！"尔康惭愧地承认了。

乾隆一惊，一脸的不可思议：

"紫薇那么柔顺，难道就没有容人的气度？"

"皇上！紫薇的不能'容人'，正是臣最'感动'的地方。请皇上成全我和紫薇这份'不容侵犯'的感情，让我们彼此都能'忠于对方'吧！"

乾隆眉头一皱，不以为然地看着尔康：

"尔康！你是堂堂的男子汉啊！不要被儿女私情，磨光了男儿气概！'忠实'是女子对男子的事，不是男子对女子的事！"

尔康坚定地回答：

"臣以为，男人跟女人是一样的，都希望得到一份专一的感情。专情是对感情的认真和负责。我对紫薇非常认真，愿意对她永远负责，这完全不影响我的男儿气概。我知道，所有的王孙公子都有三妻四妾，我也明白，皇上认为我太感情用事。但是，我真的很想为紫薇做一个不一样的男人！请皇上支持我！"

乾隆怔住了，觉得尔康的话非常稀奇，简直有点匪夷所思。

"你的思想太新奇了，朕一时之间，实在有些不能适应。专情只是人类的理想境界，真要实行起来，就太难了！"乾隆深思了一会儿，抬头说，"或者，朕也应该尊重你这种想法吧！总之，朕明白了，就是紫薇不能接受这件事。也罢，这只是朕的一个提议，如果你们都反对，朕也不能勉强。这事就先压在那儿，让朕仔细地想一想，慢慢再说吧！"

尔康这才松了一口气，对乾隆一拱手：

"谢皇上恩典！"

尔康心里的一块大石头，总算暂时落了地。他又控制不住自己了，马上去漱芳斋找紫薇。正好永琪也在漱芳斋，四个人就聚在一块儿。尔康看看没外人，就拉住了紫薇的手，说：

"皇上已经答应了我，把晴儿的事压下去，暂时不谈了！"

紫薇眼睛一亮，接着，又忧愁起来：

"只是暂时'压下去'，还是要谈的，对不对？"

"只要皇上肯暂时压下去，我们就一切都有希望！"尔康说，"我们的感情，我们的思想，我们的观念，皇上都不见得了解，我们要给他时间，让他了解。所以，先缓和一下再说！最重要的，是你不可以跟我再生气了，你一生气，我就章法大乱了！"

金琐听了，好开心，倒了茶过来，对尔康一福，笑着说：

"尔康少爷，请喝茶！是小姐为皇上准备的茶叶，我忍不住偷了一些来，特地泡给你喝！"

"难道我都没有一杯吗？"永琪插嘴。

"有有有！我再去泡！"金琐笑着喊。

"还有我的！哪有泡茶只泡一杯的，太小气了吧！"小燕子嚷着。

金琐好脾气地笑着：

"有有有！每个人都有！好了吧？"

金琐笑着跑走了，紫薇看着如此快乐的金琐，又发起呆来。

尔康就急急地对紫薇说：

"金琐的事，也只好放在心里，先压着！说不定有一天，她自己会突然醒觉，发现还有一个自我！我们现在冒昧地说，只怕伤了她的自尊！"

紫薇拼命地点头。

小燕子已经忍不住，跑了过来喊：

"你们不要晴儿金琐地搅和不完了，也管管含香好不好？我觉得，你们的事还不急，急的是含香！你看，皇阿玛随时都会去宝月楼，对含香已经越来越没有耐心了！这样下去，皇阿玛迟早会砍她的头！我们也不能每次赶过去唱歌跳舞地闹一场！如果没有赶到怎么办？"

永琪深有同感，点头说：

"蒙丹已经急得快发疯，眼看也要按捺不住了！我想，我们还是按照计划去准备一切，都准备好了，才能随机应变！"

尔康深思起来，说："可是……还有个问题，上次，蒙丹说，香妃身上有香味，所以非常容易追捕！"他看看紫薇和小燕子："你们有没有办法，把这个香味去掉？如果身上带着特殊的香味，什么计划都不能实行！太危险了！"

紫薇和小燕子面面相觑，异口同声地喊：

"把香味去掉？"

当天，紫薇和小燕子就找到了含香，大家在御花园里，一面散步，一面深谈。

"把香味去掉？"含香看着两人，叹口气说，"你们以为我不想去掉吗？以前，和蒙丹私奔的时候，想了各种办法，就是去不掉！蒙丹还曾经拿了各种香精，让我涂在身上，可是，原来的那股香味，还是遮不掉！"

小燕子拼命吸气，闻着含香身上那股幽香。

"这是一种花的味道。"

"不是一种花的味道，是好多种花混合的味道。"紫薇也拼命吸气。

"最糟糕的是，如果我一跑，或是运动之后，香味会更重。冬天还好，春天或者夏天的时候，连蝴蝶都会飞来！追捕我的人，只要看到蝴蝶成群地飞，追过来就没有错了！"

"真的呀？我听蒙丹说过，可是没有看过，还是有点不相信！"小燕子说。

"那么，我表演给你看！"

含香说着，就在草地上拼命地旋转，飞舞。她白色的衣裳纱巾也跟着飞舞，煞是好看。她转了一会儿，停住，摊开双手。

像是奇迹一般，先是有一只两只的蝴蝶飞来，接着，就有成群的蝴蝶飞来，绕含香飞舞。

小燕子看呆了，惊呼起来：

"啊……啊……太美了！我不相信！我不相信！"

小燕子伸手去抓蝴蝶。紫薇也看呆了，喊：

"简直不可思议！"

含香就一手拉着小燕子，一手拉着紫薇，让她们两个站在自己身边。

"你们站着不要动！蝴蝶也会飞到你们的身上来！"

紫薇和小燕子，就一边一个，站在含香身边。

含香平摊双手。紫薇和小燕子也跟着学。

蝴蝶不断不断地飞来，绕着三人起舞，有些蝴蝶停在小燕子头发上，有一只停在含香手心上，有几只停在紫薇肩膀上。

远远地，乾隆带着宫女、太监走来，看到这种景象，站住，惊呆了。

宫女、太监们都围过来看，全部看得目瞪口呆。

尔康和永琪经过，看到大家围在这儿，也走过来看。两人都看傻了。

"真是百闻不如一见！太奇妙了！"永琪对尔康惊叹地说。

尔康看看乾隆，只见乾隆目不转睛地盯着含香，看得入迷了。那种眼神，尔康是深深了解的。他爱死含香了！尤其，这个会和蝴蝶一起飞舞的含香！尔康再看四面围拢的嫔妃、宫女、太监们，心里浮起了不安。他低声对永琪说：

"太引人注意了，只怕会有后患，紫薇她们太疏忽了！"

永琪心里一惊，看看乾隆，暗暗点头。

含香发现大家都在看，手一扬，蝴蝶纷纷散去了。

乾隆忍不住鼓起掌来，众人就掌声雷动。含香赶紧行礼：

"皇上！"

乾隆震撼地说："这种美丽，真让朕大开眼界！"他的眼光简直无法从含香脸上移开。"怪不得阿里和卓把你看成国宝，你真是一个绝无仅有的珍宝呀！"就大笑了起来，"哈哈！不管这个宝贝多么复杂……朕还是太有福气了，因为能够拥有你！"

紫薇一惊，和尔康对看了一眼，知道自己做错了，实在不该让含香表演！

尔康、永琪、紫薇、小燕子回到漱芳斋。房门一关，尔康就着急地说：

"这个奇景，实在让人太震撼了！但是，你们为什么要让香妃表演？你看，皇上好像得到宝贝一样，这一来，他更加不会放掉香妃了！"

永琪也嚷着：

"就是嘛！要知道'匹夫无罪，怀璧其罪'！香妃就是因为有这个天赋，才会受这么多的苦！现在又露这样一手，实在是弄巧成拙！"

小燕子被永琪的成语弄得糊里糊涂，听得一头雾水外带不服气，嚷着说：

"什么'皮肤无罪'？是不是'皮肤'的问题我们根本不知道，就算是'皮肤'散发出来的香味，跟有罪没罪有什么关系呢？本来就'无罪'嘛！"

"天啊！"永琪喊。

"又叫天了！好嘛，都是我不好，含香是表演给我看，怎么知道皇阿玛会过来？算我'皮肤有罪'好了！"小燕子说。

"不要研究你的皮肤有罪没有罪了！你们研究过这没有，能不能去掉这个香味呢？"尔康问。

"含香说，以前已经用过各种方法，都去不掉！"紫薇泄气地回答。

"那怎么办？"

"吃大蒜有没有用？"金琐建议，"蒜味很重，说不定可以遮掉香味！连吃一个月的大蒜试试看！"

"你要让'香妃'变成'臭妃'吗？"小燕子嚷。

大家忍不住笑了起来。

"我想，那个香味，与生俱来，不是任何味道可以遮掉的！"紫薇说。

小燕子满房间走来走去，想办法。忽然眼睛一亮，转着大眼珠说：

"我想到一个办法，我们不要一直动脑筋去掉香味，我们增加香味总可以吧？"

"怎么增加香味？"永琪听不懂。

"紫薇，金琐！"小燕子兴冲冲地喊，"我们三个从明天起，去采很多花瓣来，泡在洗澡水里面，我们就泡花瓣澡，把每个人泡得香香的！然后，到了'大计划'实行的那一天，我们和含香一起出门，分成四个方向跑……那不是等于有四个香妃了吗？我们绕着北京城，东一个香妃，西一个香妃，到处都香，把追兵累死！"

大家听了，你看我，我看你。尔康不禁点点，赞许地说：

"说不定这是个好办法！"

永琪也点头，欣赏地看着小燕子：

"有点创意！小燕子毕竟聪明！"

尔康和永琪这样一赞美，小燕子好得意。紫薇却非常怀疑，说：

"含香的香，不是普通花香。这个'花瓣澡'能够造成什么效果，我也有点怀疑，不要再弄巧成拙！"

小燕子兴奋地喊：

"怎么这也'成拙'，那也'成拙'！不会不会啦！这样吧，我先来做试验，如果我的试验成功了，你们再一起做，行了吧？"

接下来的几天，漱芳斋里的人，全部忙着采花瓣。把御花园里所有的花，全部采得光光的。小卓子和小邓子还溜到附近几个著名的庭园里，采了一大堆奇花异草来。

然后，小燕子泡了一整夜的花瓣澡。紫薇、金琐、明月、彩霞都围着澡盆，帮小燕子"加香"，把花瓣在她身上搓着揉着。

"你要怎么证明，你和香妃一样香呢？"紫薇问。

"我明天一早，就去花园里引蝴蝶！"小燕子说，"如果蝴蝶飞来，那就表示我成功了，如果蝴蝶不来，那就表示试验失败！"

泡了一整夜的花瓣澡，小燕子确实变得香喷喷。

第二天一早，小燕子就到御花园里去试验引蝴蝶。

尔康、永琪那么关心这个试验的结果，两人也一早就到御花园来旁观。漱芳斋里的人，大家万众一心，是"一家人"，全部跑来，要看小燕子引蝴蝶。

小燕子选了花园的一隅，站在草地上，学着含香，平摊着双手。

四面一只蝴蝶也没有。紫薇说：

"你先要跳舞，学香妃转一转看！"

小燕子就学着香妃，又跳舞，又旋转。转得高兴，还飞身而起，在地上翻斤斗，倒立行走，表演特技。永琪赶紧说：

"好了好了！你别弄得一身汗，把好不容易泡的花瓣澡给洗掉了！"

"是呀！是呀！人家那个香味是从内而发，你的是从外面加上去的！够了！不要再表演特技了！"紫薇也喊。

小燕子就站好，面有得色，双手平摊。

有些宫女和太监就围了过来，看到小燕子也在引蝴蝶，个个惊奇，窃窃私语。

大家屏息观望。四周静悄悄。

"一只蝴蝶也没看到啊！"金琐失望地说。

"再等一等看！"彩霞说。

"她泡够没有？会不会不够香？"尔康问。

"花瓣都用了好几篮！"紫薇说，"如果再不够香，那也没办法了！"

小邓子和小卓子交头接耳：

"我看是不灵！"小邓子说。

"我看也不灵！"小卓子说。

小燕子见蝴蝶迟迟不来，有些懊恼，大声喊：

"你们不要吵，安静一点！蝴蝶都被你们吵得不敢来了！"

"是！"紫薇笑了，看众人，"大家安静，安静！要不然试验失败了，是大家的责任！"

大家都低低笑着，不敢说话，都盯着小燕子看。

小燕子闭上眼睛，非常虔诚地平摊着双手，嘴里念念有词：

"天灵灵，地灵灵，我是花仙子转世，蝴蝶姑娘赶快来……天灵灵，地灵灵，我是花仙子转世，蝴蝶姑娘赶快来……"

空中有一种细微的"嗡嗡"声传来。大家东张西望。

"好像有动静了！"永琪说。

"真有动静了！"紫薇说。

尔康瞪眼一看，脱口惊呼：

"确实有动静了！"

大家全部抬头，跟着那"嗡嗡"声看去，却大惊失色地发现，空中，成群结队的蜜蜂正"蜂拥而来"。

"哎呀！不好！"金琐惊喊，"蜜蜂！蜜蜂！我的妈呀！是蜜蜂呀……"

小燕子急忙睁开眼睛，只见蜜蜂已经黑压压地罩在头顶。

"蜜蜂！怎么来的是蜜蜂……"小燕子尖叫。

永琪大喊：

"小燕子！逃呀……"

围观的宫女们和太监们惊喊着，四散奔逃。小邓子、小卓子、明月、彩霞、金琐全体抱头鼠窜。小燕子伸手挥舞，拼命要赶走蜜蜂，狼狈地喊着：

"不要蜇我，不要蜇我……我不是花，不是花仙子，我是小燕子……天灵灵，地灵灵，我不当花仙子了！救命啊……"

小燕子张牙舞爪地赶蜜蜂，蜜蜂却越来越多。小燕子没辙了，拔腿就逃，蜜蜂追赶在后。小燕子东跳西跳，蜜蜂依旧穷追不舍。小燕子像火车头般在御花园里横冲直撞，蜜蜂也如影随形地追着她。

尔康、永琪、紫薇都惊愕得张大眼睛，追在后面。大家七嘴八舌地喊：

"小燕子……快逃……快逃……"

永琪看到许多蜜蜂都叮到小燕子脸上去了，急坏了，大喊：

"小燕子，用衣服把头蒙起来……"

小燕子哪里还顾得到蒙头，逃都来不及。永琪看看不行，就脱下自己的背心，飞身而起，蹿过去蒙住小燕子的头。

整个御花园里，奔逃的奔逃，追赶的追赶，惊喊的惊喊……加上嗡嗡乱飞的蜜蜂，简直是个奇观，乱成一团。

第二章

结果，小燕子被蜇了满头包，好生凄惨。

好不容易摆脱了蜜蜂，小燕子回到漱芳斋，躺在一把大躺椅中，痛得眼泪直流，不住口地呻吟。大家围绕在她身边，拿着各种药膏，给她上药。

"哎哟！哎哟！哎哟……"小燕子"哎哟"不断。

紫薇一面帮她上药，一面惊喊：

"这么多包怎么办？别动！别动！我们一个个上药！"

永琪看得心惊胆战，急急地说："这么多包不治不行！我去宣太医！"说着，回头就走。

小燕子听了，跳起身子拉住永琪，生气地大叫：

"不要丢脸了！我才不要看太医，都是你，说什么'皮肤无罪'，怎么'无罪'？根本是'皮肤受罪'！'皮肤好痛'！'皮肤有包'！"

大家又是同情，又是好笑。永琪啼笑皆非地说："怎么会是我的错？这是什么逻辑？"看到小燕子痛得龇牙咧嘴，又心疼得不得了，赔笑说道："好好好！就算是我的错！不该说'皮肤无罪'！那……还是请太医来看看，好不好？"

"不好！不好！"小燕子跺脚大叫，"太医一看，整个皇宫都知道我学香妃学不成，一定会把大家笑死！不许请太医！"

"可是，刚刚你表演的时候，好多宫女、太监都在看，要保密也保不住！"尔康说，"说不定整个皇宫，都已经知道了！"

"我就是不要请太医！不要请太医！"小燕子喊着。

"好好好！不请太医，你不要动来动去，那个九毒化瘀膏很好，让它以毒攻毒！彩霞，再给她用冷毛巾敷一敷，看看能不能止痛？"永琪急忙说。

"是！"

大家就匆匆忙忙，绞毛巾的绞毛巾，冷敷的冷敷，上药的上药。金琐、紫薇不时给她吹吹这里，吹吹那里。紫薇想想，纳闷极了：

"怎么香妃可以把蝴蝶引来，小燕子引来的居然是蜜蜂？"

尔康深思地说：

"我想，花香有好多种，有的吸引蝴蝶，有的吸引蜜蜂，大概都不一样。你调配的这种'混合花香'，大概是蜜蜂最喜欢的味道了！"

紫薇看着满头包的小燕子，想想，实在有些好笑，简直是"一语成谶"嘛！

"不是，是因为小燕子老早就'化力气为蜜蜂'了！"紫薇笑着说。

紫薇这样一说，大家想起前因后果，都忍不住大笑。

小燕子跳起身子，对紫薇一拳捶去。

"我已经满头包了，你还敢笑我，太不够意思了！简直是那个什么灾什么祸！"

"幸灾乐祸？"紫薇问。

"对对对！幸灾乐祸！哎哟……哎哟……一点同情心都没有，哎哟……"

"你这么跳来跳去，怎么上药嘛！快躺好！"金琐拉着小燕子。

明月、彩霞就把小燕子按进椅子里，紫薇金琐忙着给她治疗。

大家正在忙乱中，外面忽然传来小邓子、小卓子的大声通报：

"皇上驾到！"

大家都吓了一跳。小燕子呼噜一声，就拉起永琪那件背心，把自己连头带脸全体蒙住。

乾隆大步进来。

一屋子的人急忙请安，说"皇上吉祥""皇阿玛吉祥"。

"发生什么事情了？"乾隆好奇地问，"刚刚小路子告诉朕，小燕子在御花园里，又跑又跳！引得一群太监、宫女看热闹……"说着，就到处找小燕子："小燕子！你在哪儿呢？"

小燕子把脸孔蒙得紧紧的，声音从背心里面传出来：

"小燕子给皇阿玛请安！皇阿玛吉祥！"

乾隆看到蒙着头的小燕子了，一怔。

"这是怎么了？谁又招惹她了？"乾隆诧异地看着大家。

大家面面相觑，都瞪大眼睛，答不出话来。小燕子在背心中说道：

"没人招惹我……没人招惹我……"

"那……为什么又把自己蒙起来？这个毛病一直改不好啊？出来！"

小燕子蒙得紧紧的，摇头：

"不出来！不出来……"

"出来！出来！"乾隆说，"怄气也不能这样怄！"

"不要，不要，不能出来……没怄气……没怄气……"

乾隆转头看紫薇，问：

"紫薇，她到底是怎么了？"

紫薇忍着笑回答：

"皇阿玛！一点小事！请您不要追究了！"

"怎么是一点小事呢？那些宫女都在窃窃私语，说小燕子这个那个，现在，小燕子又把自己蒙起来，一定有问题！她又闯祸了？是不是？"就命令地喊道，"明月，彩霞，把那件衣裳拉开！"

"是！"明月、彩霞急忙上前，低低地喊，"格格！格格……"

小燕子知道逃不掉了，喊着说：

"出来就出来！"

说着，小燕子呼啦一声拉开了衣服，露出满是包的脸孔来，简直惨不忍睹。乾隆大惊，眼睛瞪得像铜铃，惊喊：

"这是怎么回事？"

小燕子就哇啦哇啦地嚷道：

"皇阿玛！我好惨啊！都是那个香妃娘娘害我，她站在草地上，就有蝴蝶飞过来，我也跟着学，飞来的都是蜜蜂！永琪也害我，说什么'皮肤无罪'……"

"什么？什么？"乾隆不可思议地问。

尔康生怕小燕子口没遮拦，说出"怀璧其罪"来，就急忙上前禀道：

"启禀皇上，是这样的！小燕子那天看到香妃娘娘可以把蝴蝶引来，羡慕得不得了。回到漱芳斋，突发奇想，要学一学。就要明月、彩霞准备了很多花瓣，泡了一夜花瓣澡，希望也能引来蝴蝶，谁知道，蝴蝶没来，来了一大群蜜蜂……"

尔康的话没说完，乾隆已经忍不住，捧腹大笑了：

"哈哈！哈哈！原来是'东施效颦'的结果啊！"

小燕子一跺脚，气呼呼地喊：

"什么'大瓶小瓶'？我痛得满头冒烟，你们大家还笑我！气死我了！这么多人，没有一个肯去试验，我才会这么惨！那些蜜蜂也奇怪，只蜇我一个人，不蜇你们！如果你们够朋友，都去泡一泡花瓣澡，再让蜜蜂蜇一蜇，才是'有福同享，有难同当'呀！"

乾隆也不知道小燕子嚷些什么，就是笑不停：

"哈哈！花瓣澡！哈哈！花瓣澡！这是朕今年听过的笑话里，最好笑的笑话了！小燕子，你真是朕的开心果呀！哈哈！哈哈！”

乾隆笑得这么开心，大家都傻了，忍不住个个带笑了。小燕子纳闷地看看乾隆。

“皇阿玛，这么好笑啊？真的好笑啊？”就毅然地一甩头，豪气地说道，“算了算了，虽然被蜇了满头包，能让皇阿玛这么高兴，大笑一场，也就值得了！本来我想，找到那些蜜蜂窝，打它一个稀巴烂，给自己报仇……现在，也饶了它们吧！”

乾隆听了，还是忍不住要笑，但是，心里却感动着，心疼着，回头大喊：

“永琪！还不赶快宣太医！这样满头包，不治怎么行？”

永琪正中下怀，高声答道：

“是！儿臣这就去！”

永琪转身飞奔而去，小燕子看看紫薇，没辙了。

乾隆实在忍不住，立刻到了宝月楼，把这个消息告诉含香。

“香妃，你知道吗？小燕子为了学你，昨晚泡了一夜的花瓣澡，今天在花园里引蝴蝶，结果，蝴蝶没有引来，引来了一群蜜蜂，把她蜇了满头包！”他大笑着说。

含香大惊，着急地问：“真的？严重不严重？那……我要去漱芳斋看看她！”她抬眼注视乾隆：“我可以去吗？”

乾隆就凝视着含香，收起了笑，正色地问：

“你和那两个丫头，很投缘是不是？”

含香哀恳地看着乾隆，诚挚地回答：

"是的，我和她们好投缘，她们是真神阿拉赐给我的礼物！在我这么无助的时候，给我安慰，给我希望。我真的好喜欢她们！"

乾隆震动了，深思地说："她们也是上苍赐给朕的礼物……看样子，朕和你之间，还有一点地方是相同的！"说着，就在房间里徘徊起来。

含香看着他，突然走到他面前，跪下了。

乾隆一震。含香自从进宫，都是行回族礼，很少下跪。他就惊怔地看着她。

含香仰着头，诚挚已极地说：

"皇上！紫薇和小燕子曾经告诉我，您是天下最仁慈的父亲，有一颗宽大的心！她们还说，您懂得感情，了解感情，是一个最'人性化'的皇帝！所以，我恳求您，不要对我生气，也不要勉强我！试着用您的了解、您的宽大来包容我！如果您尊重我，我会用我的一生来报答您！"

乾隆看着她，被她这种哀恳的语气震动了，也被她说的话震动了。

"你的一生？"

"是的！"含香忍着泪，"我可以做您的奴隶、您的舞娘、您的宠物……您的什么都可以，为您奉献一生！"

"什么都可以……只是，不要做朕的女人？"

含香磕下头去，伏地不起。

乾隆沉思片刻。耳边，响起紫薇的声音："人类最没有办法勉强的事，就是感情了！"他不禁深深一叹：

"也罢！朕不会再勉强你了！勉强而来的顺从，又有什么意思？朕答应你了，尊重你，包容你！"

含香抬头，眼泪滑下面颊，笑容漾在嘴角。

"谢皇上仁慈！"

当漱芳斋里的大伙知道含香这个消息的时候，真是又惊又喜。

"真的？皇阿玛说他答应你了？不再勉强你了？"小燕子笑着问。

含香点头。

紫薇就兴奋地抓住小燕子的手，叫着：

"我就知道，皇阿玛不是普通人物！他那么伟大！我以他为荣！"

尔康上前，对含香行礼：

"恭喜恭喜，我们总算暂时可以松一口气了！"

"早知道，小燕子就不必弄得一头包了！"永琪说道。

含香看着小燕子：

"对不起，让你弄了满头包！痛不痛？"

"没事没事！就是有点丑！"

"不丑不丑，很有特色，像释迦牟尼的脑袋！"永琪笑着说。

"啊？真的吗？"小燕子以为是句赞美，还很得意，想了想，明白了，对永琪一凶，"什么话？我哪有那么多疙瘩！"

一屋子的人都笑了。

含香看着尔康和永琪，行了一个深深的回族礼：

"含香谢谢两位，为我所做的事！为蒙丹所做的事！以后，还要麻烦你们，照顾蒙丹，开解他，劝他，安慰他！"

尔康一怔，有些明白了，愕然地看着含香：

"你的语气，好像和他永别了？"

含香认命地、凄凉地说：

"当我答应我爹进宫来的那一天，我就决心和他永别了！是他不死心，一直追到北京来！现在，皇上对我那么仁慈，我也不能对他不义，我是皇上终身的奴仆了！"

小燕子立刻大大地抗议起来：

"那怎么成？我师父绝对不能接受这个！含香，你不要仁啊义啊的！我们暂时等一等，等我研究出来怎么样引蝴蝶，我们再说……"

"小燕子！你还要研究怎么引蝴蝶啊？"永琪大惊，"够了！下次说不定把蟑螂、蝗虫、蚂蚁都引来了！"

大家又都笑了，室内充满温馨。尔康就对含香诚挚地说：

"不要那么快说'永别'，那太残忍了！我完全可以体会蒙丹的心情，等待虽然很痛苦，可是，毕竟有希望。你可以让他等待，不能让他绝望！也不要让你自己绝望！你瞧，皇上已经答应了你的请求，说不定有一天，他会放掉你呢？"

紫薇就热烈地说道：

"是呀！是呀！我对皇阿玛充满了信心，你也充满信心吧！你和蒙丹，那么深刻的感情，感动了我，感动了小燕子，感动了尔康和五阿哥，感动了天地，怎么会感动不了皇阿玛呢？"

含香被大家说得眼睛发亮了。

皇后在第二天就知道小燕子被蜜蜂蜇了。

容嬷嬷绘声绘色地形容着：

"小燕子被蜜蜂追得满花园跑，是千真万确的事！现在，整个宫里人人都知道了！皇上还为小燕子传了御医，听说小燕子的脑袋都肿了，现在，待在漱芳斋，大门不出，二门不迈，在那儿疗伤呢！"

皇后大大地兴奋起来，忍不住哈哈大笑：

"哈哈！这可是闻所未闻的大笑话！小燕子被叮了满头包，太好笑了！我真想看看她现在的样子！"

"奴才也好想看看她现在的样子，还神气不神气？还得意不得意？"

皇后挑着眉毛："那么，咱们还等什么？咱们就去'问候问候'这位还珠格格！"

于是，皇后带着容嬷嬷、宫女、太监浩浩荡荡来到漱芳斋。皇后来的时候，尔康和永琪当然也在。他们两个，已经越来越没办法克制自己了。

小邓子、小卓子看到皇后，急忙对屋里大声通报：

"皇后娘娘驾到！"

屋子里的人，全部一惊。小燕子满头包，听到皇后来，急得满屋子兜圈子，喊：

"我不要给她看到我这个样子！怎么办？怎么办？"

紫薇急忙推着小燕子：

"躲到房间里去，躺在床上不要起来！"

小燕子还来不及进房，皇后大步而入，容嬷嬷宫女们再随后。皇后及时喊：

"小燕子！你要去哪儿？"

小燕子只得停步，手里拿着一条帕子，就往脸上一蒙。永琪、尔康、紫薇连忙上前请安，说"皇额娘吉祥""皇后娘娘吉祥"等。金琐、明月、彩霞也屈膝的屈膝，请安的请安。

皇后声音高了八度，清脆地喊：

"哟！你们这个漱芳斋，永远这么热闹！五阿哥和尔康，在这儿上朝办公啊？"

永琪和尔康互看一眼，忍耐着不说话。

皇后就盯着小燕子仔细看：

"这是怎么了？帕子蒙着脸，难道也变成回人了？学香妃这么好玩呀？有句成语，你听说过吗？'画虎不成反类犬'！料你也听不懂，我给你解释一下，画老虎画得不像，就会变成狗！我劝格格，还是不要学香妃了！把帕子拿下来吧！"

皇后如此尖酸刻薄，大家敢怒而不敢言。

小燕子哪里受得了这个，一气，把帕子一掀，对皇后吼着说：

"皇后娘娘！您想看看我的脸，您就看吧！我是给蜜蜂蜇了满头包，这也没有什么见不得人的地方！"

皇后看着小燕子都是疙瘩的脸，心里实在得意：

"哟！这蜜蜂那么喜欢你这张小脸呀！"

小燕子气得牙痒痒。永琪咬牙，尔康瞪眼，紫薇憋着气。

容嬷嬷就接口说道：

"大概格格人长得漂亮，像一朵花儿一样，这些蜜蜂也糊涂了，都飞过来采蜜了！听说，那天惊动了整个御花园，所有的人，都在看格格跟蜜蜂捉迷藏呢！"

小燕子掀眉瞪眼，永琪生怕又弄出大祸来，急忙往前一站，说：

"皇额娘看过了，就让小燕子去休息吧！"

尔康心里生气，一步上前，对皇后说道：

"还珠格格只是淘气，学学香妃，不伤大雅。她已经满头包了，皇后娘娘何必再取笑她呢？包容一点吧！"

皇后一挑眉毛，瞪着尔康：

"你这说的是什么话？我今天是听说小燕子被蜜蜂蜇了，好心好意来看看她！你一个晚辈，那么没有规矩！胆敢指责我……"

这时，小燕子睁大眼睛，目不转睛地盯着皇后的头顶看。

大家不知道她在看什么，就也跟着看。

皇后看到所有人的眼光都盯着她的头顶，觉得怪怪的，也抬头看，却看不出什么所以然来。

小燕子忽然跳了起来，大叫："不好！蜜蜂都被我引到漱芳斋里面来了！"就蹿得好高！伸手拍到皇后的旗头上，把那个旗头拍到地上去了，嘴里大叫："蜜蜂！蜜蜂！有蜜蜂……"

小燕子一面大喊着，一面跑过去踩皇后的旗头，把旗头踩扁了。

大家都吓了一跳，皇后更是震惊得一塌糊涂。一时之间，反应不过来。

小燕子抬头满屋子看。

"还有还有！"跳起来，又把容嬷嬷的旗头扑下地，再去踩着，"死蜜蜂！踩死你！踩死你……"

小燕子跳了一阵，拍拍胸口。

"好了，好了，踩死了！踩死了！"

满屋子人，全都给她弄傻了。

小燕子俯身拾起那两个像帽子似的旗头，整理着上面的花朵、珠子、穗子，对皇后抱歉地说道："对不起，皇后，真的有蜜蜂！糟糕，我把您的旗头踩扁了！"就大喊："明月、彩霞、金琐……快把旗头拿去弄弄好！"

明月、彩霞、金琐根本不知道小燕子在做些什么，只得应着：

"是！"

明月、彩霞、金琐就拿了旗头，走出房间。

小燕子飞快地对紫薇使了一个眼色，也跟着跑出房间。

紫薇、永琪、尔康不知道小燕子葫芦里卖的是什么药，看到皇后和容嬷嬷气得脸色发青，三人就急忙上前。紫薇赔笑地说道：

"皇后娘娘别生气，自从小燕子被蜜蜂蜇了，她就有一点神经兮兮，老是说漱芳斋有蜜蜂，事实上，确实有蜜蜂……有时候，一只两只地飞过来，有的时候，四只五只地飞过来，小燕子被蜇怕了，看到蜜蜂就紧张……"

容嬷嬷又是气愤，又是怀疑：

"奴才一只蜜蜂也没看见！"

"是呀！我也没看见！"皇后怀疑地说。

"有有有！刚才有好几只，被小燕子踩死了！"永琪赶紧说。

尔康忍着笑，一本正经地说道：

"宁可信其有，不可信其无！这个蜜蜂，实在厉害，你们看小燕子那满头包就知道了！还是小心一点比较好！"

大家正说着，金琐和彩霞捧着两顶旗头出来。小燕子、明月跟在后面。

"皇后娘娘，旗头修好了，还好，一点儿都没有坏！让奴婢给您戴上吧！"

彩霞也对容嬷嬷低声下气地说道：

"容嬷嬷，我来帮您戴！"

容嬷嬷看看旗头，果然修得好好的，就不疑有他。

金琐、彩霞、明月、紫薇就一起上前，把旗头给皇后、容嬷嬷戴好。

皇后四面看看，还真的有点怕蜜蜂，就说道：

"好了！小燕子，你好好地保养你那张小脸吧！别再给蜜蜂蜇了！容嬷嬷，我们走吧！"

小燕子大声地应道：

"是！小燕子谨遵皇后娘娘教诲！谢皇后娘娘关心！"

小燕子的嘴巴太甜了，皇后一脸的狐疑，带着容嬷嬷出门而去了。

小燕子急忙对大家说：

"我们赶快跟出去，说不定有好戏可看！"

大家知道小燕子一定有鬼，就全部跟着出门去。

皇后、容嬷嬷高高地昂着头，走在前面。两人也是一肚子的疑惑，皇后说：

"这个小燕子到底在搞什么鬼？踩扁我的旗头，她也高兴吗？"

"她是狗急跳墙！除了拿旗头出出气，她也没有别的法子了！"容嬷嬷说。

"她那张小脸，可真花哨！没想到，蜜蜂帮我出了一口气！哈哈！"皇后想想，仍然忍不住要笑。

"这就叫'恶人偏有恶人磨'！她心眼坏，才会有这种报应！"容嬷嬷答着。

主仆二人，在前面得意地议论着。后面，小燕子等一群人，正远远地跟着。

尔康实在按捺不住，问：

"小燕子，你葫芦里卖的是什么药？你把那两顶旗头怎样了？"

"我还不知道灵不灵呢！大家仔细看着！"就盯着皇后看去。

"你快说呀！到底你做了什么？"紫薇追问。

金琐嘻嘻哈哈地笑了，说：

"上次小燕子洗花瓣澡，还剩下好多花瓣，当时，以为大家都要用，我们就把花瓣风干了！刚刚，我们把那两顶旗头里，全都塞满了花瓣……"

"尔康说的，那些蜜蜂可能喜欢这个'混合花瓣'的香味，我试试看到底是不是？"小燕子笑着说。

彩霞指着前面，兴奋地喊：

"来了来了……"

"什么东西来了？"明月问。

"蜜蜂！蜜蜂！"小卓子惊喊。

"蜜蜂！蜜蜂！"小邓子也惊喊。

大家睁大眼睛看过去，只见成群的蜜蜂在空中飞舞，一直追向皇后和容嬷嬷。

皇后听到"嗡嗡"声，抬头一看，大惊失色，惊喊：

"蜜蜂！好多蜜蜂！"

容嬷嬷也抬头一看，吓得手足无措，大叫：

"怎么那么多蜜蜂……皇后娘娘，快逃呀！"

容嬷嬷牵着皇后的手，就没命地往前奔去。

蜜蜂成群结队，追着皇后和容嬷嬷。皇后狼狈地伸手扑打着：

"天啊……救命啊……救命啊……"

"跑啊！皇后娘娘，快跑啊……"容嬷嬷抓着皇后的手飞奔。

皇后和容嬷嬷，平时在宫里都是趾高气扬，抬头挺胸，走路从容而高贵，仪容端庄而威严，哪里有这样仓皇过。她们那奔逃的样子，实在突兀。许多太监、侍卫、宫女都停下来张望，看得目瞪口呆。

只见蜜蜂围着她们飞舞。后面跟随的宫女、太监早已尖叫着，四散奔逃。

小燕子等人，笑得东倒西歪。小燕子搂着紫薇又跳又叫：

"灵了！灵了！哈哈！哈哈！这一下，她知道什么是老虎，什么是狗了！"

容嬷嬷跑得气喘吁吁，脚下一绊，摔了一个四仰八叉。容嬷嬷一摔，皇后也跟着摔了下去。于是，成群的蜜蜂就"蜂拥而下"，直扑两人。皇后惨叫："救命啊……救命啊……不好了……"一面叫，一面拼命用袖子遮住脸孔。

"哎哟……哎哟……哎哟……"容嬷嬷也惨叫连连，双手拼命挥舞。

侍卫宫女们远远地看着，不知道如何救驾。

小燕子看了，实在太乐了，跳着脚喊：

"蜜蜂宝贝，蜜蜂姑娘，蜜蜂姑奶奶……努力飞呀，努力蜇呀！不要客气，拿出你们的看家本领来……啊哟！我笑得肚子痛……"

金琐、明月、彩霞都笑得前仰后合。

尔康和永琪互视，彼此摇摇头，可是，也忍不住笑。只有紫薇，笑完了，觉得有些不忍，想上去帮忙，尔康一把拉住了她。

"不要太好心，那些蜜蜂可认不得人，过去了会跟着遭殃！"

小燕子一把拉住紫薇喊：

"你敢同情她，我和你绝交！"

紫薇只得站住。可是，看到皇后和容嬷嬷这么狼狈，还是满心不忍。

总算有几个侍卫上前去驱赶蜜蜂，扶起皇后、容嬷嬷，但是，两人的脸上早已千疮百孔，惨不忍睹了。小燕子兴高采烈，得意得不得了，遥望皇后，喊道：

"这一下，轮到你们满头包了！你们好好保护你们那张'老脸'吧！"

皇后和容嬷嬷，在侍卫、宫女的包围下，呻吟着而去。

小燕子和漱芳斋的众人，这才回身，往漱芳斋走去。个个脸上都是笑容。小燕子虽然头上有包，却是一张喜悦的脸孔，跳跳蹦蹦地说：

"嗯，我这个'花瓣澡'虽然把自己弄得满头包，可是，收到这样的效果，我太满意了！现在，我还要去研究一下……"

尔康、永琪、紫薇立刻异口同声喊：

"不许研究了！"

小燕子看了大家一眼，笑嘻嘻地说：

"我是要研究，下个月皇阿玛过寿，我们送什么礼物给他才好！他压下晴儿的事，又不勉强含香……我现在对他充满了感激，我要送一个大大的礼物给他！"

第三章

转眼间，到了乾隆的寿诞。

整天，皇宫都热闹得不得了。大臣们，亲王们，贝勒、贝子们，使节们，阿哥们……都按照礼仪，向乾隆贺寿，大家纷纷献上苦心准备的贺礼。一时之间，古玩玉器、书画雕塑、西洋钟表、珠宝如意、千年灵芝、奇花异草……都呈现在乾隆面前。但是，这所有的礼物，乾隆也都见多了。至于祝寿贺寿那一套，更是年年如此，了无新意。乾隆对于这样的寿诞，实在有些厌倦了。直到大戏台上，演出祝寿的节目时，他才精神大振。

他坐在戏台对面的位子上，太后、皇后、令妃和所有妃嫔全部出席。阿哥们，格格们，亲王、福晋们也都在座。晴儿坐在太后身边，十二阿哥坐在皇后身边，七格格、九格格坐在令妃旁边。戏台上，张灯结彩，大大的"寿"字，贴在正中。乾隆看了看座中诸人，有些纳闷，因为没有看到小燕子和紫薇，也没看到永琪和尔康。尔康可能和福伦在后台照料，怎么永琪也不来？最爱热闹的小燕子，到哪儿去了？还有含香呢？

戏台上，正热闹滚滚地表演着"双狮献瑞"。只见两只活灵活现的狮子，在台上飞舞跳跃。时而腾空而起，捉对厮杀。时而匍匐在地，搔首弄姿。时而彼此逗弄，摇头摆尾。时而奔跑追逐，满场翻滚。两只狮子，花样百出，看得大家目瞪口呆，眼花缭乱。乾隆不禁鼓掌叫好，众人也跟着鼓掌。

太后笑吟吟地看着晴儿，说：

"这双狮献瑞，我也看过很多次了，这次真的不同！好看极了！"

"想必是为了皇上过寿，特别训练的！"

"不知道是谁负责的？节目安排得挺好！"太后问。

令妃心里得意，忍不住说道：

"回老佛爷，是福伦和尔康安排的！"

"啊？"太后看了晴儿一眼，"他们父子，真是皇上的栋梁呀！"

皇后揣摩着太后的心意，说道：

"老佛爷，这个尔康，真是百里挑一的人才，可惜皇上把他指给了一个民间格格，真是糟蹋了！"

晴儿目不转睛地看着台上，似乎没有听到这个话题。

"臣妾倒不那么想，紫薇格格优娴贞静，和尔康正是郎才女貌！"令妃说。

"皇后说得不错，现在，要找像尔康这样的人才，还真不容易!"太后话锋一转,"令妃,这也是你的光彩呀,你娘家出了不少人才!"

皇后呆了呆,没料到让令妃得到赞美,脸色一暗,令妃不禁面有得色了。

这时,晴儿拉着太后的衣袖,兴奋地喊:

"老佛爷快看!"

大家看往台上,只见两只狮子,突然伏地,仰首上望。

从空中,有个大大的彩球忽然从天而降。一对狮子飞跃过来接着彩球,就舞弄起来。彩球时而在狮头上滚动,时而在地上旋转,时而被两只狮子抛在空中,时而和狮子满场盘旋。舞得好看极了。

乾隆看到那表演出神入化,匪夷所思,忍不住鼓掌叫好。

满座都回应着,掌声雷动。

接着,一只狮子跳着跳着,忽然站定,人立而起,从嘴里吐出一张红色锦缎,上面直书着一行字:"老吾老以及人之老"。另一只狮子也跟着人立而起,吐出另一张锦缎,写着:"幼吾幼以及人之幼"。乾隆正惊愕间,彩球轰然一声炸开,彩色烟雾随之扩散,只见两个人影在烟雾氤氲中,腾空而起,拉开一面大旗,上面横书:"泽被苍生恩满天下"。那两个人就拉着这面大旗,站立在两只人立的狮头上面。大家定睛一看,那两个拉大旗的人不是别人,正是小燕子和含香!

大家看得惊喜莫名,乾隆尤其震动。然后,鼓声大作,两只狮子,跟着鼓声,猝然揭开狮头,赫然是永琪和尔康!

乾隆大惊,喊道:

"怎么是你们！"

乾隆还没从震惊中回复，却听到锣鼓已停，琴声大作。他再度定睛看去，只见太监们收去了旗帜狮子，金琐带着无数的宫女，身穿红色的衣裳，像一片彩色的波浪，一波一波地涌到台上来。在这些彩色波浪中，紫薇正端坐台上，扣弦而歌。永琪、尔康、含香、小燕子分站在紫薇两边，大家随着琴声，同声唱着一首别开生面的祝寿歌：

> 巍巍中华，天下为公，普天同庆，歌我乾隆。
> 幼有所养，老有所终，鳏寡孤独，有我乾隆。
> 泽被苍生，谷不生虫，四海归心，国有乾隆。
> 仁慈宽大，恩威并用，舍我其谁，唯有乾隆。

一曲既终，紫薇就盈盈起立，一手拉着含香，一手拉着小燕子，走到台前，永琪和尔康两边相随，五人对乾隆一跪。紫薇说道：

"皇阿玛！我们大家，有太多太多的感恩，说不完，道不尽！一点心意，祝您万寿无疆！"

金琐带着众宫女全部匍匐于地，齐声喊道：

"皇上万岁万岁万万岁！"

乾隆看看紫薇，再看看永琪、尔康、小燕子、含香，实在太意外了，太震动了。他一生收到无数的礼物，看过无数表演，听过无数的歌功颂德，从来没有任何一刻让他这么震撼。他惊喜得不知道该怎么办才好，片刻才回过神来，说：

"我简直不相信，你们会给朕这样一个别开生面的节目！这真是一个大大的'惊喜'啊！你们太有心了！让朕太意外了！"就由衷地大笑起来："哈哈哈哈！这是朕这一生中，收到最'名贵'的寿礼了！朕会终生难忘！"

满座王公大臣，就爆起如雷的掌声，齐声大喊：

"吾皇万岁万岁万万岁！"

太后也惊讶着，震动着。这才有些明白了，这两个民间格格，确实不简单！

令妃感动极了，擦着眼睛说：

"哎！我太感动了！太动人了！如果不是皇上让他们心服口服，他们怎会这样用尽心机呢？这种孝心，实在难能可贵呀！"

皇后一肚子的不是滋味，对令妃冷冷地说："别'感动'得太早，看看清楚吧！"她指指含香："真正幕后策划的，是那个会'招蜂引蝶'的香妃！她，可不能用'孝心'两个字吧！"

晴儿看着紫薇，深深感动了，自言自语地说：

"不管是谁幕后策划的，这个'特别'的礼物，实在用心良苦，感人至深！"

"用心良苦是真的，未免'太用心'了！"皇后接口。

太后怔怔地看着那一排站立的五个俊男美女，被他们深深地眩惑了。

那天晚上，御花园里处处张灯结彩，照耀得如同白昼。乾隆带着所有嫔妃、阿哥、格格和太后，在花园里看焰火。

焰火一个个冲上天空，灿烂的花雨砰然一声炸开，四散而下。大家欢呼着，欣赏着，喜悦的情绪高涨着。

含香这是生平第一次看到焰火，不禁看傻了。

"哎哎，那个火花怎么会这样洒下来呢？太漂亮了！我从来没有看过！"

小燕子看到焰火，就手舞足蹈，兴奋得不得了。

"你看你看，又一个上去了！哎哎，又一个下来了！"

"哎，好多火花，散开了！散开了！"金琐也喊。

"出一个谜语给你猜！"紫薇笑着对小燕子说，"上去上去，飞开飞开，闪亮闪亮，下来下来！是什么？"

"我又不是傻瓜！当然知道啦！是'焰火'！"小燕子嚷着。

紫薇大笑：

"不对，是萤火虫！"

小燕子一呆，尔康、永琪、含香、金琐都跟着大笑。

小燕子不服气了，想了想，说：

"我也有一个谜语给你猜！'上面上面，下面下面，左边左边，右边右边，中间中间！'是什么？"

乾隆看他们谈得热乎，大感兴趣。

"猜谜啊？这个朕最有兴趣了！"问小燕子，"这是一样东西吗？"

"不能告诉皇阿玛！反正是个谜语！"小燕子得意地说。

"小燕子出的谜语，不能想得太深奥！说不定根本不通！"尔康说道。

"不要那么看扁我，好不好？我也会谜语！"小燕子嚷着。

"上面上面，下面下面，左边左边，右边右边，中间中间！"永琪苦苦思索，看尔康，"你猜得出吗？是什么呢？"

"这可把我给考住了！"尔康百思不解，摇摇头。

大家议论纷纷，猜不出来。只见晴儿笑嘻嘻地看着大家，问：

"是不是'抓痒'？"

"你怎么知道？"小燕子睁大了眼睛。

"因为我常常给老佛爷抓背，有经验了！"晴儿笑着说。

大家想想，恍然大悟，都笑了起来。太后也笑了，宠爱地看着晴儿。

"朕也有一个谜语！"乾隆兴致高昂，看着小燕子，笑道，"谜题就是'小燕子作文章，如高山擂鼓，声闻百里！'猜常用词一句！"

"哇！皇阿玛拿我来出谜语！我要猜一猜！"小燕子就转动眼珠苦思，"是什么？是什么？我作文章，怎么跟高山有关？'擂鼓'是什么意思？"

"擂鼓，就是打鼓！"紫薇笑着，已经猜到了，"你想想在高山打鼓的声音！"

尔康也猜到了，笑着接口：

"高山擂鼓，声闻百里，是'不通不通'！"

"哈哈！哈哈！正是！正是！"乾隆大笑。

大家都笑了起来。小燕子�‌着嘴说："好嘛！拿我开心好了！反正我是'开心果'！"忽然想到一个谜语，就嚷着说："我还有一个谜语，你们一定猜不着！什么动物有八条腿，两对翅膀，上天能飞，到水里能游，在地上会跑？"

大家一听，这个稀奇，立即纷纷讨论，猜来猜去，都猜不出来。乾隆忍不住说："这个动物太奇怪了，猜不出来！是什么东西？快说谜底！"

小燕子大笑：

"哈哈哈哈！我也猜不出来！"

"这太赖皮了吧？"紫薇笑着嚷，追着小燕子打。小燕子又笑又躲。

大家嘻嘻哈哈，好生热闹，乾隆看得眉开眼笑。太后微笑着，看乾隆好兴致，也就容忍了小燕子和紫薇等人的嬉闹。皇后和容嬷嬷，带着十二阿哥站在远远的一边，不时看看焰火，不时交换视线。十二阿哥名叫永璂，才九岁多，看焰火看得兴高采烈。令妃带着八岁的九格格和六岁的七格格，站在乾隆身边，分享着乾隆的喜悦。小阿哥早就被奶娘抱去睡觉了。

永琪想到一个谜语，说：

"我也有一个谜语，什么东西'上顶天，下顶地，塞得乾坤不透气'？"

大家还没猜出来，小燕子却抢着说道：

"先猜我的！什么东西'头朝西，尾朝东，塞得乾坤不透风'？"

永琪惊看小燕子：

"你这个比我那个还厉害！"

"可不是！"

永琪、紫薇、尔康研究着。没有答案。

"我投降，这是什么？"永琪问。

小燕子仰天大笑：

"哈哈哈哈！就是你那个顶天顶地的东西，我把它横着放平了！"

乾隆和众人都大笑起来。

"小燕子读书不用功，小聪明一大堆！"乾隆笑着说。

焰火再度上升，绽放一蓬花雨。大家又仰头看。这时，焰火照射下，忽然有个人影在远处的假山中间一闪。尔康立即警觉，大喊：

"什么人？"

所有的人，全部吓了一跳。

尔康毫不迟疑，立刻飞蹿到假山那儿，向暗处看去。只见假山后面，一个黑衣人拔地而起，其快如箭，对着曲院回廊，浓荫深处，飞奔而去。

"是哪一个？站住！"尔康大叫，如影随形，追着那个黑衣人而去。

"有刺客！我来抓！"小燕子好激动，一面喊着，一面飞身出去。

"小燕子！你别凑热闹，我去！"永琪急喊，也跟着追去。

转眼间，三个人全都追着人影而去。

太后、乾隆和妃嫔、阿哥、格格们都大惊失色，人人震动。容嬷嬷急忙大喊：

"来人呀！来人呀！保护皇上！保护老佛爷，保护皇后、各位娘娘、阿哥和格格们要紧！来人呀……"

顿时间，大内高手和侍卫蜂拥而来。

尔康紧追着那个黑衣人，迅速地穿越了大半个御花园。

小燕子大呼小叫，和永琪追了过来。

"哪里来的刺客！给我站住！居然在皇宫里撒野！"

"你不要追刺客了！侍卫都来了，你会越帮越忙的！"永琪喊。

"谁说的？我要抓刺客，不能让他跑了！"小燕子紧追不舍。

永琪只好跟去。

侍卫也追了过来，乒乒乓乓，长剑出鞘。高手们一个个飞蹿着，大家追着黑衣人，在御花园里一阵狂奔。那黑衣人好快的身手，转眼间，来到了漱芳斋外面。

漱芳斋的大门开着，小邓子、小卓子正在院子里看焰火。黑衣人就直接蹿进了漱芳斋。小邓子眼睛一花，来人给了他一掌，他就躺下了。小卓子一回头，什么都没看清楚，也被打倒在地。来人就直蹿入房。

尔康追赶过来。高远、高达也跳了出来。

"高远！高达！快去追刺客！"尔康大喊。

"是！"高远、高达带着侍卫，奔进房去。

小燕子、永琪也已赶到。小燕子嚷着：

"居然跑进漱芳斋去了！也太大胆了吧！我非逮到你不可！"

小燕子、永琪也跟着冲了进去。

尔康很快地查遍了漱芳斋每个房间，说也奇怪，那个黑衣人已经不见踪影。对尔康来说，漱芳斋是他最熟悉的地方，每间房间，都了若指掌。大家跑出跑进，里里外外，找了一个透，什么人都没看到。

片刻以后，尔康、永琪、小燕子、赛威、赛广、高远、高达及侍卫齐集大厅。大家研究着，讨论着，疑惑着。

"奇怪，眼看有人跑进来，就这样不见了！"高远说。

"这么多人，居然把一个刺客给追丢了，这不是成笑话了吗？"尔康说。

"就是呀！那个人身手好快！简直像闪电一样！"小燕子说。

"怪了！这个漱芳斋没有后院，刺客不能翻墙！会不会趁我们追进门，一阵混乱的时候，再从大门跑出去了！"永琪说。

"不可能，我盯得那么紧，除非他有障眼法！"尔康疑惑极了。

永琪看看尔康，两人都有些很不安。今天是乾隆寿诞，谁会这么大胆，敢惊扰圣驾？谁有这么好的武功，能在众目睽睽下消失？

这时，乾隆、太后、皇后、令妃、含香、晴儿、紫薇、金琐、明月、彩霞、容嬷嬷及太监、宫女们全都赶了过来，站了满房间。

"怎样？抓到刺客了吗？"乾隆问。

尔康纳闷地说：

"启禀皇上，臣一路追到漱芳斋，眼看刺客冲进来，竟然就这样不见了！"

太后看着尔康、永琪，问道：

"你们口口声声说是刺客，怎么知道他是刺客呢？他伤人了吗？"

尔康一怔，被太后提醒了，接口说道：

"是呀！这事好奇怪，来人只有一个人，看样子功夫非常好，单身闯进皇宫，未免也太胆大了吧？可是……他只有打倒小邓子、小卓子，出手也不重。这个人好像只是进宫来探探虚实，被人发现了，也不交手，拔腿就跑，实在有些怪异……"

尔康说到这儿，心里就咚地一跳，脑海里猛地想到一个人：蒙丹！会不会是蒙丹？这样一想，就情不自禁去看永琪，永琪接触到尔康询问的眼神，立刻震颤了一下，蒙丹！永琪也这么想，两人就去看含香。含香看到两人的眼神，脸色顿时变得苍白了，伸出一只冰冷的手去拉紫薇的手，紫薇握住含香的手，就微微地发起抖来，大家几乎都肯定了，是蒙丹！尔康转着眼珠深思，蒙丹一定按捺不住了，混进宫来察看虚实，没料到形迹败露，他就逃进漱芳斋。但是，他怎么知道漱芳斋的位置呢？想必，是大伙平常言谈中，言者无心，听者有意吧！

尔康等人，个个紧张，唯有小燕子心无城府，气得大叫：

"这也太小看我们了吧？把皇宫当成他的家一样，要来就来，要走就走！"

紫薇牵着含香，悄悄地溜到小燕子身边，轻轻地一拉小燕子。

小燕子一怔，看到永琪的眼光，再看到尔康的眼光，又感到含香发抖的身子，紧靠着自己……她这次福至心灵，蓦然醒觉：难道是师父？顿时张口结舌。

尔康就急忙对乾隆等人说道：

"皇上！这个刺客只有一个人，想必不能成事！臣立刻派人搜查整个皇宫，力求安全！已经夜深了，皇上和老佛爷，还是早些休息吧！"

"正是，"永琪立刻附议，"今儿个皇上过寿，不要让这些小贼破坏了兴致！安全问题，交给儿臣和尔康吧！"

皇后看着太后，深思地说：

"臣妾觉得不妙！漱芳斋只有一个入口，没有逃走的路。刺客怎么可能不见了？这儿是小燕子和紫薇住的地方，万一藏了一个刺客，两个格格要怎么办？大家最好把床底下、柜子里、屋梁上……任何可能藏人的地方，全体检查一遍！"

"正是！皇后说得对！"太后拼命点头。

乾隆就大声吩咐：

"赛威、赛广！赶快去彻底检查！任何角落都不要放过！"

"喳！"赛威、赛广及众侍卫拿着刺刀，高声应着，又往房里奔去。

尔康、永琪、小燕子、紫薇、含香全部跟着侍卫往房里跑。

接着，漱芳斋是一阵翻箱倒柜地搜查。侍卫们拿了刺刀长剑，不住地刺向床底下，刺向橱柜里，刺向门背后，刺向屋梁上，刺向每个黑暗的角落。

最后，每间房间都找过了，只剩下紫薇的卧房。侍卫们进来以后，也是桌下、门后、橱柜，长剑一一刺去。小燕子越来越着急，含香和紫薇，每当长剑一刺，两人几乎都是一个惊跳。尔康、永琪严阵以待。这种反常的情形，乾隆也注意到了，心想，事关两个格格的安全，难怪他们个个都紧紧张张。

侍卫到处刺了一阵，小燕子就跳起身子，东张西望地说：

"好了！好了！这间房间干净了！应该没事了！"

"还是再仔细搜查一下比较好！"高远说，"小邓子、小卓子的房间都找过了，明月、彩霞的房间也找过了！现在，只剩下这间还没有仔细地搜！"

皇后、太后、令妃、容嬷嬷和乾隆都在旁观。

紫薇知道这是唯一可以藏人的房间了，就紧张得不得了，忍不住出面阻止：

"我的房间最简单，一目了然，要藏一个人恐怕不容易！大家不要破坏了我的东西！看看就好了！别拿着剑刺来刺去，我看着好紧张！"

"是呀！是呀！"小燕子跟着喊，"我养了一只猫，你们别把我的猫刺伤了！"

乾隆纳闷了，奇怪地看了紫薇和小燕子一眼。

尔康和永琪交换着不安的眼神。

皇后不知怎的，热心得不得了：

"大家仔细搜，两位格格的安全，就在大家手上了！"

高远到处都检查过了，摇摇头。

"启禀皇上，到处都干净……"

高远住口，似乎想到什么，忽然走到床前，呼啦一下，掀开床上的垫被。这是唯一还可能藏人的地方。

紫薇、含香、尔康、永琪、金琐全部一震。

只听到"砰"的一声，垫被下面掉出一个东西，大家瞪眼看去，不是人，而是一个一尺长左右的布娃娃。

紫薇等人，没有看到蒙丹，就松了一口气。

太后却奇怪地喊道：

"那是一个什么东西？容嬷嬷，给我拿来看看！"

容嬷嬷走上前去，拾起布娃娃，漫不经心地说："回老佛爷，只不过是个布娃娃，没想到两位格格还这么小孩气，十八九岁了，还玩这个！"

"布娃娃？"紫薇好诧异，就去看小燕子，"小燕子！是你的吗？"

"笑话！我怎么会玩这个？是金琐的吧？"小燕子说。

"不是呀！我从来没玩过布娃娃！"金琐说。

太后大疑，神情一凛，严肃地说：

"把那个布娃娃拿给我看！"

容嬷嬷捏着布娃娃，突然一缩手：

"咦！奇怪，怎么会扎手呀？"

乾隆、皇后、令妃、晴儿、尔康、永琪都围过去看。只见那个布娃娃，是用简单的白色锦缎缝制，由上而下，写了一排字，是"辛卯庚午丁巳丙辰"。娃娃上面，还有细小的针，插在身上各处。

太后接过布娃娃，立刻打了一个寒战，脸色大变。

乾隆跟着勃然变色，尔康、永琪都吓得惊跳起来，晴儿也脸色惨白。

紫薇看到众人变色，愕然不解：

"皇阿玛！有什么问题吗？这个布娃娃有什么来头？还是有什么玄机？"

乾隆陷在极大的震惊中，看看紫薇，看看小燕子，大惑不解。

太后再看布娃娃，触目惊心，全身血液都要凝固了。明白了！她终于明白了！这两个"民间格格"，用尽心机混进宫来，为了要取乾隆的性命！她眼神凌厉地看向紫薇和小燕子，当机立断，厉声大喊：

"赛威！赛广！高远！高达！你们立刻把这个屋子里的每一个人，不论是主子还是奴才，给我通通抓起来！"

"喳！"赛威等人大声应着。

侍卫们就往前一冲，抓住紫薇、小燕子、金琐。其他的人往外冲，去抓明月、彩霞、小邓子、小卓子。

尔康、永琪大惊，急忙上前。永琪气急败坏地喊：

"皇阿玛！事有可疑，一定要查清楚！"

尔康心惊胆战，痛喊出声：

"皇上！紫薇和小燕子不可能做这种事，她们连懂都不懂！你千万不要中计呀！今晚，所有的事都很离奇，老佛爷，您一定要弄清楚呀！"

小燕子被赛威等人抓得不能动弹，挣扎着，大喊：

"皇阿玛！这是怎么一回事？干吗要抓我们？我们做错了什么？"

乾隆实在太震撼了，太意外了，也太受打击了，他不断地看紫薇和小燕子，这两个他深深喜爱的姑娘，刚刚还在唱歌祝寿，带给他最大的惊喜和感动，此刻，竟然搜出这么可怕的东西来！这是怎么回事？他觉得一股寒意，从背脊骨迅速地往上蹿，遍布全身，他眼睛发直，一语不发。

皇后高高地抬着头，怒上眉梢，义正词严地说道："我早就知道，她们两个来历不明，居心叵测！连这个邪魔玩意，都弄到宫里来了！"她往前一站，对二人厉声说："皇阿玛这样爱护你们，处处护着你们，给你们这个特许，那个特许，把你们看得比真格格还珍贵！你们不知感恩，居然还敢谋害皇上！简直丧尽天良，其心可诛！"

太后的脸色，早就青一阵、白一阵，眼神里满是恐惧和震怒，听到皇后这样说，就颤巍巍地大喊道：

"通通关起来！赛威，把他们男的送男监，女的送女监！暂时送到大内监牢去！等皇上查办！"

"嗻！遵命！"

一群大内高手，就拉着小燕子、紫薇、金琐出门去。

小燕子惊愕困惑之下，呼天抢地地喊了起来："皇阿玛！您怎么不说话？难道您也相信我们要谋害您吗？不要……不要……"她拼命挣扎："我不要再去监牢，我不要……

不要……"

紫薇陷在极大的震惊中，连思想都几乎停顿了，被动地被拖着走。

金琐吓哭了，喊着：

"小姐！小姐，我们又要重来一遍吗？为什么要去监牢？我们不是今天才为皇上唱祝寿歌，舞狮子，怎么一下子就要关监牢呢？小姐呀……"

"皇阿玛！"永琪急喊，冲上前去，往乾隆面前"嘣咚"一跪。

"皇上！不要让悲剧重演！快阻止他们呀！"尔康大急，也往乾隆面前一跪。

含香震惊得一塌糊涂，也上前跪下了：

"皇上！两位格格，对皇上好得不得了，为什么要关她们呀？"

"皇上！查清楚再关也不迟！"令妃也上前跪下了。

"皇帝！"太后急喊，"不要再执迷不悟了！事实胜过雄辩呀！"

乾隆一甩头，从震惊中醒转，受伤而痛楚，一挥手，哑声地说：

"先拉下去！关起来再说！"

三人就不由分说地被拉了下去。小燕子一路惨叫着：

"皇阿玛！我不要去监牢……不要不要啊……皇阿玛，您怎么忍心这样对我们……关过一次宗人府，还不够吗？"

尔康和永琪，眼睁睁看着小燕子等三人被押解下去，两人都知道这个布娃娃的厉害，不禁魂飞魄散，肝胆俱裂了。

紫薇、小燕子、金琐、明月、彩霞全部被关进了大内监牢。这个牢房，严格说起来不能算是"监牢"，它只是宫廷里临时禁闭奴才的地方。

侍卫们把五个人一推入房。五个人摔的摔，跌的跌，全部摔成一堆。

监牢铁栅门"丁零哐啷"地合上，侍卫们踏着大步而去。

小燕子哭着喊：

"我们到底做错了什么？那个布娃娃是个什么玩意？为什么找到一个布娃娃，我们就要全部关监牢？"

金琐也哭着，想到从前，害怕得不得了：

"皇上不是已经认了小姐吗？怎么一生气就把我们关监牢？小姐，你说话呀，我好害怕，会不会再来一个梁大人，把我们打一顿呀？"

明月、彩霞更是魂飞魄散，吓得呜呜地哭，抱在一起。彩霞哭着说：

"我们会不会被砍头？我家里还有爹，不知道死以前，还能不能见爹一面？"

"砍头？"明月吓坏了，"你不要吓我呀！怎么会砍头呢？为什么要砍头呢？"

紫薇终于从震惊中醒来，看着四周。但见四壁萧然，阴风惨惨。铁栅外的走廊上，插着两支火把，光线暗淡地照过来，到处都是阴影幢幢。想必，这个不是监牢的牢房，也有很多冤死鬼吧！

紫薇伸手搂着大家，脑筋已经转过来，可以思想了，她深思地说：

"我们被陷害了！刺客、布娃娃可能都是预先准备的！这是一场戏，千方百计把皇阿玛、老佛爷都引到漱芳斋去！现在，当众搜出布娃娃，是人证物证样样俱全了！"

"可我想不明白呀……一个布娃娃，有什么了不起？会让老佛爷和皇上，都变了脸？"金琐问。

"自从汉朝起，就有'巫蛊之祸'！我们中国人，就是'迷信'这一关，过不了！"紫薇悲哀地回答。

"什么蛊什么祸嘛？"小燕子根本听不懂，哭道，"我们是不是又要倒霉了？又是皇后捣鬼，是不是？她想杀了我们，是不是？"

紫薇抱紧了小燕子。

"不要哭！小燕子，我们已经经过大风大浪，说不定还能渡过这个危机！五阿哥和尔康，会拼死来救我们的！皇阿玛那么聪明，如果连我都分析得出来，这是一个陷害，他也会想明白的！"

"他会吗？我看他脸色发青，一直瞪着小姐和小燕子看！好怕人啊！"金琐说。

小燕子四面看看，拭去了泪，恨恨地说：

"我就是不该作那首'走进一间房，四面都是墙'的诗！人家说，作诗会应验的！怪不得我老是被关监牢！早知道，我就写'走进一间房，四面都是窗'！翻窗子也容易一点！现在，一个窗子也没有，怎么办嘛？"

彩霞可怜兮兮地说：

"我现在只想'走进一间房，里面有张床'就好了！"

"可我……好想'走进一间房，里面有个娘'就好了！"明月说。

"好！"紫薇就拥着大家，"我们就来想象那间房，有窗，有床，还有娘！"

小燕子脱口而出：

"就怕'走进一间房，都是黄鼠狼'！"

"呸呸呸！房间里怎么会有黄鼠狼呢？"金琐连忙要呸掉晦气。

"像我这么倒霉的人，要走进一间房，又有窗，又有床，还有娘，那是不大可能的！有一屋子黄鼠狼，倒是可能得很！"小燕子说。

紫薇听小燕子说得滑稽，忍不住扑哧一声笑了。紫薇一笑，小燕子也笑了，于是，金琐、彩霞、明月都跟着笑了。

大家拥抱在一起，虽然落难，仍是泪中带笑。

第四章

　　紫薇说得不错，尔康和永琪，一定会拼死来救她们的。当她们在监牢里流泪的时候，尔康和永琪，也在慈宁宫，向乾隆和太后慷慨陈词。

　　"老佛爷！皇上！"尔康情急地说，"今晚的事，非常明显，就是有人要陷害小燕子和紫薇！那个布偶，绝对是个'栽赃'！你们想想看，为什么会有刺客，在乾清宫前面现身，然后拔腿就跑？明明是要把我们大家引到漱芳斋去！到了漱芳斋，搜人是假，要找出布偶是真！皇上，请您明察！不要再错怪格格！"

　　"这个巫蛊之事，小燕子她们那么单纯，怎么会做？"永琪也急急说道，"再说，她们对皇上的一片真心，天地可表！就拿今天的祝寿点子来说，都是小燕子想出来的，那首祝寿歌，是紫薇写的！她们对皇阿玛这样用心，怎么可能会害皇阿玛？"

"可是，"乾隆困惑地说，"今晚，大家在搜查房间的时候，紫薇和小燕子，为什么那么魂不守舍？那般心虚的样子，连朕都看出来了！"

尔康和永琪大惊，彼此看了一眼，天啊！真是从何说起？

"她们哪有心虚，是皇上多心了！"尔康痛苦地说。

"你们不要再说了！"太后严厉地看着两人，"这个事情，当然要经过调查，如果紫薇和小燕子是冤枉的，一定查得出来！现在，东西搜出来了，总不能不办吧！你们一天到晚和那两个格格在一起，有没有知情不报？有没有包庇？有没有同谋？我们都要调查！所以，你们最好闭嘴！回去！明天再说！"

"包庇？同谋？"尔康忍不住喊，"老佛爷，人生最残忍的事，是把一片忠心，当成恶意！这会抹杀多少忠良，冷掉多少热血！"

"皇阿玛！"永琪跟着喊，"就算以前种种，您都忘了！今天发生的事，您不能分析一下，仔细想一想吗？"

乾隆情绪激动而紊乱，他摇着头，不敢相信地说：

"不管这个布偶是谁做的，是谁放在那儿的，有人想把朕置于死地，却是很明显的事情！朕只要一想到这个，所有的欢乐就都消失了！这件事，带给朕的冲击太大了，朕是要好好地想一想！"

尔康急得五内如焚，紧紧地盯着乾隆，激动地说：

"皇上！只怕这个布偶的用意，根本不在皇上，而在小燕子和紫薇身上！是有人要把她们两个置之死地啊！想想以前的针刺事件，想想梁大人的事件吧！"

"尔康！"太后瞪着尔康，语气严厉，"不要为了维护紫薇，把箭头指向别人！诬指和栽赃是一样可恶！这两个格格，一天到晚溜出宫去，确实古古怪怪，形迹可疑！整个皇宫里，最有可能做这件事的，就是她们！即使不是她们做的，也可能是那几个宫女、太监做的！或者，是他们集体做的！"

永琪一听，太后的意思，显然已经认定是小燕子她们做的，就惶急地喊：

"皇阿玛！老佛爷要这么误会，还说得过去，因为老佛爷没有看到过去那些惊心动魄的事！但是，皇阿玛，您怎么可能误会呢？"

"皇上！"尔康也急喊，"以前的每件事情，还在眼前啊！再想想紫薇为皇上挡刀的事吧！如果她要害皇上，她怎会挡那把刀呢？"

乾隆认真地看着尔康和永琪，其实，他们两个的话，句句都打进他的内心，让他震动着。但是，他的情绪依旧混乱，一时之间，实在理不出头绪，就一拂袖子说：

"那两个丫头，无论如何，总是嫌疑犯！你们下去吧！朕会仔细调查这件事，你们不要再说了！去吧！"

尔康和永琪无奈已极，尔康就抬眼去看晴儿，眼神里，尽是哀恳之色。晴儿站在那儿，神色凝重，接触到尔康的眼光，就对尔康暗暗地摇了摇头，表示自己也无能为力。尔康只得颤声说道：

"臣告退！"

永琪和尔康站起身来，乾隆一抬头，警告地说：

"你们两个，小心一点！那个大内监牢，朕已经派了重兵把守，绝对不允许再发生劫狱事件！尔康，不要害了你的阿玛和额娘！永琪，不要让朕对你彻底失望！"

尔康、永琪大震，两人脸色都苍白如纸。

那夜，学士府也是一团乱。福伦和福晋，吓得魂飞魄散了。好不容易，以为尔康这个"额驸"已经当得稳稳当当的，锦绣前程，美满姻缘，指日可待！怎么又会发生这个飞来横祸？福伦看着六神无主的尔康，沉重地说：

"尔康，这次的事情真的严重了！在宫里，对这种事情最为敏感！碰到了这种事，是宁愿错杀一百人，也不愿放过一个人！"

尔康急得形容憔悴，哀求地看着福伦和福晋：

"阿玛，额娘，求求你们，快想办法救救她们吧！我也知道这次事态严重，但是，紫薇她们是无辜的呀！这件事，明明就是皇后在栽赃！但是，老佛爷完全和皇后一个鼻孔出气……皇上也好奇怪，听不进我们的话！我只怕拖下去，紫薇和小燕子又会很惨！"

福晋满房间绕着圈子，心痛地说道："紫薇怎么这样命苦？好不容易当了格格，又碰到这样的事！"她看着福伦："我们有办法可想吗？令妃娘娘说话有用吗？"

"怎么会有用？你想想看，老佛爷是皇上的亲娘呀！哪个亲娘不爱自己的儿子？看到布偶，她就胆战心惊了！即使她心里存疑，即使她认为可能是'陷害'，她还是会除去这个嫌疑犯，就是我说的，可以错杀，不能失误！何况，她一直就没有喜欢过小燕子和紫薇！”

“阿玛这样分析，就是说，她们毫无希望了？其实，那只是一个布娃娃，哪会要人命呢？我去弄一百个布娃娃来，全体写上我的生辰八字，给老佛爷看看我会不会死？”尔康急得跳脚。

“尔康，你不要吓我！”福晋大惊。

“连你们也相信那个布娃娃会要人命，是不是？”尔康瞪着福晋。

“鬼神之事，我绝对不拿它开玩笑！”福晋说，“尔康，你的阿玛、额娘年纪大了，禁不起这样的风风浪浪！自从你和紫薇来往以后，我真是没有一天好日子过！现在，又发生这么大的事，你千万不要轻举妄动了！我知道你爱紫薇，但是，你也要爱惜父母呀！”

尔康痛楚地一皱眉头：

“我知道，我让你们这么操心，实在不孝极了！可是，我现在已经六神无主了！想到紫薇又被关在一个暗无天日的地方，未来会遭遇些什么不幸，还不知道！我真的痛不欲生！我连思考的能力都没有了！老天！要怎样才能把她们救出来呀！”

福伦深思地看着尔康：

“你不要跳脚了，整个事件你都在场，应该冷静下来，分析一下！除非抓到真正陷害紫薇的那个人，否则你无法救紫薇！”

"真正陷害紫薇的人，就是皇后呀！一定是她！但是，怎么抓得到呢？"

"你不要大呼小叫好不好？虽然是自己家，也是隔墙有耳呀！"福晋急忙警告。

福伦凝视尔康：

"我立刻进宫去见皇上，看看能不能帮上什么忙！至于你呢，应该赶快去调查一下！那个刺客是个关键人物！如果他跑进漱芳斋就不见了，当时，有没有侍卫从里面跑出来？再有……是谁掀起床垫的？是谁发现布娃娃的？"

尔康如醍醐灌顶，被点醒了，整个人跳了起来。

"阿玛！您不愧是大学士！"

尔康掉头就冲出门去了。

尔康拂晓进宫，直接到了永琪那儿。两人分析了一下，立刻把高远和高达传进了景阳宫。

尔康看到高远、高达，就厉声说：

"你们两个，对我从实招来吧！你们做了什么好事，我已经完全知道了！你们假扮刺客，把大家引到漱芳斋，脱掉夜行衣，换了真实面目出来，再和大伙一起搜捕刺客！然后掀开床垫，露出布娃娃！你们好大的胆子，敢在老佛爷、皇上、五阿哥和我的面前玩花样！你们两个，不要命了！"

高远、高达跪在地上，彼此互看，眼神坚定。高远就磕头说道：

"冤枉啊！福大爷！奴才是你的亲信，怎么可能做这种事？"

高达接口说道：

"是呀！还珠格格和紫薇格格对我们恩重如山，奴才感激都来不及，怎会陷害她们呢！您千万要明察，不能冤枉格格，也不能因为要给格格脱罪，就冤枉奴才呀！"

永琪大声一吼：

"还敢狡辩！除了你们，没有别人能够进漱芳斋，然后消失踪影！明明就是你们两个捣鬼，还不供出是谁的指使？难道要我把你们送到刑部问罪，才要说出真相吗？"

"五阿哥，福大爷！今天就是把奴才送到刑部，奴才也是这几句话！再没有第二种答案！奴才兄弟两个，自小在宫里当差，三代都是宫里的安达，绝对不会做这种伤天害理的事！奴才们行得正，不怕调查！"高远坚定地说。

"就是！如果五阿哥和福大爷怀疑咱们两个，就把咱们送去刑部吧！咱们被派到漱芳斋，一直忠心耿耿，现在还被这样怀疑，奴才们也觉得灰心了！福大爷，您栽培一番，落得这样下场，奴才给您请罪了！"高达就伤心地磕下头去。

尔康和永琪，看到两人如此信誓旦旦，竟然没有把握起来，彼此互看。

"高远！"尔康就厉声问，"你口口声声说你没有做这件事，那么，你为什么会去掀床垫？是不是有人要你掀的？那个床垫薄薄一层，里面要藏人，不是太勉强了吗？你怎么会去掀它？你如果实话实说，我还可以饶你一死！"

"冤枉啊！奴才真的以为刺客藏在床垫底下！完全是为格格们的安全着想啊！当时，奴才已经把可能的范围通通搜过了！"高远喊。

"那么，在我追刺客追到漱芳斋的时候，你从里面出来，难道没有看见刺客进去吗？怎么可能？"

"奴才什么都没看见！如果福大爷这样推算，那么，任何一个侍卫都可能假冒，不一定是奴才！为什么福大爷不怀疑别人，一定要怀疑奴才呢？"

尔康被问倒了。永琪就把尔康一拉，拉到窗边去，低声说：

"不要因为我们两个方寸大乱，就怀疑每一个人，万一冤枉了他们，我们岂不是和冤枉小燕子、紫薇的人一样可恶吗？"

"你说得对！"尔康沮丧地点头。

尔康和永琪，还没有找到营救紫薇她们的方法，那大内监牢里，已经有变。

五更刚过，狱卒就来到监牢前面，打开了铁栅。

狱里的五个姑娘，正冷得发抖，大家蜷缩着身子，彼此紧紧地靠在一起，抵御寒气，整夜没有合眼，每个人都形容憔悴。看到狱卒进来，大家精神一振。小燕子就跳了起来，兴奋地嚷着：

"是不是皇阿玛想明白了？"

几个狱卒当门一站，高声宣布：

"紫薇格格有请！"

紫薇一惊，惶恐地站起身来，小燕子扑上前去：

"什么叫作紫薇格格有请？要请就一块儿请！这儿有五个人呢！"

"只请紫薇格格！"几个狱卒就拉住紫薇，"走吧！"

"你要拉我去哪里？我们五个一起，不要分开！"紫薇紧张地喊。

"那可由不得您！"

狱卒就把紫薇强行拉走了，"哐啷"一声，铁门再度锁上。

金琐扑在铁栅上，凄厉地喊着：

"小姐……小姐……小姐……"

小燕子也扑在铁栅上，大喊大叫：

"紫薇……紫薇……紫薇……"

明月、彩霞大喊着"格格"，紫薇就在这一片喊声中，被带到了慈宁宫。

进了慈宁宫的后门，拐弯抹角走了一段路，紫薇被推进一间密室。她惊恐地看四周，好像回到了坤宁宫的密室，只见高高的窗，高高的墙，暗沉沉的光线，和好多面无表情的太监。她心慌意乱，还没弄清楚这是什么地方，便有好多太监上前，把她五花大绑，绑在一个刑具上。整个人呈一个"大"字状直立在那儿。

"你们要干什么？干什么？"紫薇惊喊。

太监们抓起了她的双手，紫薇只觉得手指一阵剧痛，已经上了夹棍。

紫薇魂飞魄散，大叫：

"不要这样呀！不要……不要……"

脚步声笃笃传来，紫薇抬头，惊见太后、皇后站在面前。容嬷嬷、桂嬷嬷两边侍候，众嬷嬷立于身后。

紫薇一见这等架势,又见皇后在场,已知大事不妙,心惊胆战地看着太后。

太后就厉声问:

"紫薇!关于这个布偶的事,你就从实招了吧!免得皮肉受苦!你什么时候把这个布偶弄进宫的?为什么要害皇阿玛?是谁要你做的?说!"

"老佛爷!"紫薇痛喊出声,"我对天发誓,我从来没有看过这个布娃娃!根本不知道它怎么会在我的床垫底下!"

皇后转头,对太后说道:

"臣妾早就知道她会赖得干干净净!她的功夫可大着呢,当初,没有经过选秀女,没有经过内务府,就能混进宫来当宫女。接着,把皇上唬得团团转,居然带她去出巡!然后,不知道怎么弄出一件刺客事件,就平步青云,到今天的地位!老佛爷,您想想,一个小女子,怎会有这么大的魔力?臣妻以为,一定是个妖女!"

太后颔首,心有同感,就大声说:

"紫薇!你再不招,就要用刑了!说!"

"老佛爷!"紫薇哀声喊,"我对皇阿玛,充满了崇拜,充满了亲情,我怎么都不可能要害皇阿玛!老佛爷!我知道您不信任我,也不喜欢我,可是,请不要把我对皇阿玛的一片真心,扭曲到这个地步,那实在太残忍了!"

"你不要再狡赖了!"皇后厉声说道,"东西在你的床垫底下,所有的人都亲眼目睹,你还有什么话说?"

紫薇不看皇后,只看太后:

"我是冤枉的！有人要陷害我……太后，请明察！"

"你就坦白招了吧！"太后盯着紫薇，"你们是不是白莲教的人？如果不是你做的，是不是小燕子做的？你们受谁指使？快说！"

"白莲教？"紫薇大惊，"天啊！小燕子连'巫蛊'是什么都不懂，她怎么会做这种事？"

太后抓住了紫薇的语病，深信不疑了，锐利地看着紫薇："她不懂什么叫'巫蛊'，显然你懂！"

紫薇大大一震：

"老佛爷，我懂并不表示我会去做呀……"

容嬷嬷俯身对太后低语：

"这个丫头倔得很，不用刑，她是不会招的！"

"你要逼我用刑吗？"太后问。

"杀死我，我也不能承认我没做过的事呀！"

太后就一声令下：

"用刑！"

立刻，夹棍开始收紧，紫薇觉得，自己的十根手指，全部被绞断了一般，剧痛钻心，忍不住惨叫起来：

"哎哟……哎哟……老佛爷，救命啊……救命啊……"

"你招不招？"皇后冷冷地问。

"我如果屈打成招，皇阿玛一定以为这是真的，他会多么伤心呀！我没有……没有……没有就是没有……"

容嬷嬷对行刑太监做了一个手势，夹棍再度夹紧。

紫薇痛得锥心断肠，冷汗从脸上滚落，脸色苍白如纸，惨叫连连：

"啊……啊……老佛爷！看在菩萨分儿上……救我……救我……为什么要这样对我……请你仁慈一点吧……"

"对一个要谋害皇帝的人，我如何能救？如何能仁慈？"太后怒道，"对你仁慈，就是对皇帝不慈！如果你是冤枉的，那么，一定是你屋里那几个丫头做的！你是不是真的不知道？你不招，我就一个个地审问她们，总有一个会招！"

紫薇大震，天啊！难道太后还要对小燕子、金琐她们用刑？这种痛楚，她们怎么受得了？正在想着，夹棍再度收紧，紫薇痛得快要晕倒了，惨叫出声：

"我招了……我招了……请不要再这样了，我实在受不了了……是我做的……是我一个人做的！"

"真的是你做的？小燕子帮你忙做的，所有的丫头、奴才一起合作，是不是？"太后紧紧地盯着她。

"不是不是！是我一个人做的，小燕子她们都不知道……不知道……"

"你为什么要做呢？"太后疑惑地问，"皇上已经封你为格格，又把你指给了尔康，你还有什么不满意？为什么要谋害皇上？"

紫薇一怔，无言以答，睁大眼睛，痛楚地看着太后。

容嬷嬷又一个暗示，夹棍再度收紧。紫薇觉得，自己的手指已经全部碎掉了，痛得不知道怎么思考，只想赶快结束这个折磨，就大喊：

"哎哟……哎哟……我招，我招……是我……要给我娘报仇……皇阿玛让我娘等了一辈子，怨了一辈子，恨了一辈子……我要给我娘报仇……报仇……报仇……"

皇后和太后对看一眼。皇后点头说：

"这就是了！"

当紫薇"屈打成招"的时候，乾隆和福伦正在恳谈。乾隆一夜没有睡，整夜在思索这件"巫蛊事件"。天才刚刚亮，福伦就进宫来了。君臣二人，在御书房里单独见了面。

"皇上！臣知道，宫里出现'巫蛊'，带给皇上的震惊一定非常巨大！但是，巫蛊之说，早已不攻自破，那个小小的布偶，想要发生什么作用，臣以为完全是无稽之谈！就拿目前来说，圣上神清气爽，身强体健。显然那个布偶根本没有作用，为一个无用的东西，闹得宫里人人自危，恐怕因小失大，请皇上三思！"福伦说得条理分明，分析得十分透彻。

乾隆点点头，神色黯然。

"再说……"福伦继续说，"如果要臣相信紫薇格格，或是还珠格格要伤害皇上，那是绝不可能的事！非但她们不会伤害皇上，如果她们知道有人要伤害皇上，她们还会和人拼命！这一点，臣愿用项上人头，为两位格格担保！"

乾隆再点头，深深一叹，盯着福伦：

"其实，朕已经想了一夜，紫薇和小燕子，以前的点点滴滴，现在的种种，都明明白白地摊在朕面前。她们一直亲切得像朕的左右手，哪有自己的手，会害自己呢？所以，朕对她们，已经再也没有怀疑了！"

"皇上圣明！"福伦惊喜交集。

"但是，现在所有的证据都指向漱芳斋，朕想到幕后种种，真是不寒而栗！如果抽丝剥茧，去一重重地追查，不知道会抖出多少秘密？牵连多少人？朕只要下令查办，恐怕整个后宫，会天翻地覆！"

福伦一震，看着乾隆，君臣眼神的一个交会，彼此已经深深了解。

"目前，嫔妃之间，各有派系，老佛爷又有她偏爱和信任的人，朕怎样也不能伤了老佛爷的心！到时候，犯罪的人为了脱身，没犯罪的人为了自清，再加上其他的彼此倾轧，一定会演变成这个咬那个，那个咬这个……朕只要一想到汉武帝时的'巫蛊之祸'，死了几万人，就全身冒冷汗了！再想到当初的直亲王，那件喇嘛的'魇魅'事件，让父子反目，兄弟相残……朕就毛骨悚然了！"

福伦不由得对乾隆肃然起敬：

"原来皇上已经想得那么透彻了！"

"所以，除非拿到确切的证据，根本不能声张，以免案情扩大！就算拿到确切证据，能不能公开，能不能处置，都是一个问题。昨晚，朕就非常疑心，只是一时之间，脑筋有点转不过来。现在想明白了，又代紫薇和小燕子胆战心惊。你想，尽管有尔康和永琪亲自保护，高手环伺，漱芳斋还是有人可以出没自如，那么，如果有人非要置那两个丫头于死地，取她们的性命也不难了！或者，监牢里还是最安全的地方！不如让她们两个暂时住几天，等到朕想明白怎么办再说！尔康和永琪那儿，你让他们少安毋躁！"

福伦这才恍然大悟，心里又是感动，又是佩服：

"皇上英明！跟皇上这样一谈，臣才明白了。但是，那两个格格，毕竟是女儿身，现在天气又冷，监牢里寒气重，只怕两位格格会吃不消啊！"

乾隆再点头，忧形于色。

"还有……"福伦急道，"皇上虽然并不相信巫蛊，可是，老佛爷却信得厉害，老佛爷和皇上母子情深，保护皇上的念头赛过一切，只怕我们还来不及调查真相，洗清两位格格的嫌疑，老佛爷就会采取行动了！"

乾隆被提醒了，不禁打了一个冷战。

"不管怎样，先去上朝吧！上朝之后，立刻来办这件事！"

紫薇被带回监牢的时候，已经两手红肿，身心俱伤。她倒在地上，脸上又是汗，又是泪，苍白如纸。

小燕子、金琐、彩霞、明月全都扑了上去。金琐吓得面无人色，惊喊着：

"小姐！他们把你怎样了？小姐！小姐……"

"紫薇！你被他们用刑了，是不是……"小燕子看到紫薇受伤的手指，目眦尽裂，"我要把你们杀了！"她对狱卒冲了过去。

明月、彩霞脱下背心，去包着紫薇，喊着：

"格格！格格……老天啊！菩萨啊……"

狱卒一把抓住冲来的小燕子：

"现在，有请还珠格格！"

"我不去！我不去……你们想弄死我们，我不去……"

一群侍卫往里面一站，说道：

"格格不要让奴才们动手！"

小燕子哪里肯听，一拳就打了过去，同时，几个连环踢，踢向侍卫，身子就向监牢外面飞蹿。但是，侍卫武功高强，三下两下，就把小燕子制伏了。

侍卫就挟持着小燕子往外拖，小燕子狂喊着：

"我不要去！我不要去……"

紫薇用力地撑起身子，勉强地抬起头来，喊着：

"小燕子，我已经招了……你不要再吃亏……"

小燕子还没听清楚，就被拉走了。

小燕子也被带到密室里。

小燕子抬头一看，太后、皇后、容嬷嬷、桂嬷嬷和许多嬷嬷太监站在面前。

太监就要上来绑小燕子，刑具触目惊心地放在那儿。

小燕子一挣就挣脱了太监，瞪大眼睛，喊道：

"不要绑我了！你们要问什么就问吧！"

太后就盯着小燕子：

"小燕子，刚刚紫薇已经招了，那个布娃娃是她做的，她说你们都是白莲教的余孽，是不是？"

小燕子瞪大眼睛：

"白莲教？谁说我是白莲教的？我明明是红莲教！"

容嬷嬷对太后低低说道：

"老佛爷，这个丫头，最会东拉西扯，分散别人的注意力，老佛爷要小心！"

太后就厉声喊道：

"紫薇都招了，你还有什么可说？你和紫薇，是不是一党？"

小燕子看看太后，又看看皇后，咬牙切齿地大叫："紫薇招了！你们对她用刑，你们折腾她，逼到她非招不可……你们好残忍，好狠心！"就一甩头，豪气地说："老实告诉你们吧，那是我做的！你们不要再去欺负紫薇了，她身子弱，禁不起你们打打夹夹……一个布娃娃，有什么了不起？我做了一大堆！好了吧！"一面说，一面拍着胸口："我一人做事一人当，要头一颗，要命一条！你们不要打这个打那个了！把她们和小邓子、小卓子通通放掉吧！"

"你招了？是你做的？"太后盯着她。

"我招了，是我一个人做的！和他们大家都没有关系！"小燕子抬头挺胸说。

"你为什么要谋害皇阿玛？"太后继续问。

小燕子愣了愣，为什么？天知道为什么？她一仰头：

"你说为什么就为什么！因为我想不清楚，也说不明白！"

"那个布娃娃上面写的是什么字？"

小燕子眼睛一瞪，惊道：

"那上面还有字啊？大概是'嘛咪嘛咪急急如律令'！"

皇后急忙凑到太后耳边：

"老佛爷，您不要被她糊弄过去，她最会装疯卖傻这一套！她是漱芳斋的头儿，会很多妖法！依臣妾看，这件事整个漱芳斋都脱不了干系，恐怕大家都串通了！"

容嬷嬷就在一边恭敬地点头：

"奴才也是这么想！"

小燕子大叫着说：

"皇后娘娘，容嬷嬷！你们喜不喜欢蜜蜂？要不要我再施展'妖法'，让你们尝尝'满头包'的滋味？当心哟，我今晚会让你们的床上，变出几千几万条毒蛇出来，把你们浑身咬得稀巴烂！"

容嬷嬷就吓得一跳，急忙对太后说道：

"老佛爷，你听！她还要弄妖法呢！上次我们被蜜蜂追赶的事，宫里人人都知道！现在，这个毒蛇，说不定真的会来！"

小燕子仰头大笑了：

"哈哈哈哈！不只毒蛇，还有几百个癞蛤蟆，几千条蜈蚣，几万条蚂蟥，爬满你们的床！爬到你们头发里，耳朵里去！"

皇后被她说得背脊发麻。太后听到这样的诅咒，气得脸色发青：

"居然胆敢这样诅咒皇后，不是妖女，也是泼妇！把她拉下去！把那些奴才带来！"

小燕子被拖了下去，轮到金琐、明月、彩霞、小邓子、小卓子五人，全部被带进密室，跪了一地。金琐情急地痛喊着：

"老佛爷！您不要相信小姐的话，她都是要保护奴婢，才承认那是她做的！其实，那个布娃娃，是奴婢做的！和小姐一点关系都没有！请您饶了小姐，惩罚奴婢吧！"

明月、彩霞、小邓子、小卓子看着一边的刑具，触目惊心。彩霞就磕下头去,颤声说道:"老佛爷!请开恩!两位格格心地好,最爱奴才,老佛爷上次也亲眼看到了!这个娃娃,是我做的!"她虽然挺身而出,想代紫薇受过,却吓得不得了,发着抖:"我不知道不可以做布娃娃,就做了一个!是我,是我!"

明月见彩霞这样说,就也发抖说道:

"老佛爷,是我!布娃娃是我做的!"

小邓子见三个丫头都这样义气,就也挺身而出了:

"老佛爷!不是她们,是奴才!以为做个娃娃很好玩,就做来玩儿,不知道这样是闯了大祸!"

"还有我!还有我!"小卓子赶紧抢着认罪,拼命磕头,"那个娃娃是奴才做的!奴才该死!奴才该死!请老佛爷开恩,饶了两位格格吧!她们真的是世界上最好的格格呀!"

太后听到五个人抢着认罪,实在震撼,也实在困惑。

容嬷嬷就谦卑地在太后耳边说:

"老佛爷看到了吧?那两个格格如果不是有妖法,怎么会把这些奴才收得服服帖帖?连上断头台的事,他们也抢着承认,这未免太不寻常了!"

皇后就进一步说:

"不管怎么样,这个漱芳斋里的人,是通通认罪了!假若那个布娃娃和他们真的没有关系,也不至于人人认罪吧!这些人里面,总有一个是主谋,其他的是共犯!"

正说着,外面传来太监的大声通报:

"皇上驾到!五阿哥到!福大爷到!"

太后、皇后、容嬷嬷脸色一凛，赶紧到大厅去迎接乾隆。

原来，乾隆一下朝，尔康和永琪就迎上前来，告诉乾隆，已经得到消息，太后拂晓时分，就开始审问紫薇和小燕子！乾隆一听，心惊胆战，知道事不宜迟，急忙带着两个年轻人来到慈宁宫。

太后和皇后，带着容嬷嬷等人，匆匆出来迎接。乾隆看到皇后和太后一起从内室出来，心里立刻一寒，眉头一皱。大家匆匆问安毕，乾隆就仓促地说：

"听说母亲一早就审问了那两个丫头，不是说好，朕要亲自审问的吗？怎么没有等朕来？"

"只怕皇帝心存仁厚，问不出结论来！这后宫的事，我能为你代劳，也就代劳了！事事都要你亲自处理，你哪有那么多时间呢？"太后说。

乾隆就急问：

"那么，皇额娘问出结论了吗？"

"他们全体招了！"

尔康和永琪吓了一大跳，两人同时惊喊：

"招了？怎么会招了？"

皇后太得意了，忍不住插嘴：

"皇上！整个漱芳斋，两个格格，三个丫头，两个奴才，全部都招了！这个巫蛊事件，是他们集体的杰作！幸好老佛爷英明，都问得清清楚楚了！"

永琪大叫：

"不可能的！小燕子一定不会招的！如果她招了，一定有不得已的原因！"

尔康也激动得一塌糊涂，掉头看乾隆：

"皇上！紫薇可以为皇上去死，怎么会招出她没做过的事！请皇上明察！"

乾隆就急急说道：

"把他们通通带来，朕要自己问问清楚！"

片刻以后，紫薇、小燕子、金琐、小邓子、小卓子全部带来了。大家看到乾隆，真是说不出来的伤痛，大家都身子一矮，全部跪倒。

紫薇才跪下，已经不支，身子一歪，差点摔倒。金琐急忙扶住。

乾隆震动地看着紫薇，只见紫薇脸色惨白，身子摇摇欲坠，就惊喊：

"紫薇，你怎么了？"

紫薇还没说话，小燕子眼泪一掉，哭着大喊：

"皇阿玛！昨天，我们还为您唱歌祝寿，放焰火猜谜语，我快乐得像老鼠，幸福得要死掉……没想到，马上就把我们关监牢，一早就带走紫薇，对她用刑，逼她招供……"

乾隆、尔康、永琪同时喊出：

"用刑？"

"紫薇！"乾隆急忙弯身去看紫薇，"谁对你用刑？用了什么刑？在哪儿用刑？给朕看，你什么地方受伤了？"

紫薇不稳地磕下头去，一面落泪，一面哽咽地说：

"皇阿玛！您问这几句话，证明您还关心我！紫薇心满意足，那个布娃娃，紫薇已经招了，请处罚我一个人，饶了不相干的人吧！"

小燕子一听，立刻激动地喊：

"我也招了！要处罚，处罚我一个人好了！我皮厚，不怕打！"

金琐就磕头嚷道：

"皇上圣明！不是她们，是我！是我一个人做的，罚我吧！饶了小姐！她真的没有做呀！"

明月、彩霞、小邓子、小卓子就异口同声地喊：

"是我！是我！不是她们！"

乾隆震撼极了，抬头看着太后：

"所谓'招了'，是这样'招了'！皇额娘，您也信了？"

太后盯着乾隆，心里也觉得有些不对了：

"那……依皇帝看，是怎样呢？"

尔康看到憔悴的紫薇，早就心痛如死，忍不下去了，对乾隆一跪，含泪说道：

"皇上！紫薇为了认爹，已经受尽千辛万苦，不要再屈打成招，让她的一片孝心，变成百口莫辩的弑亲大罪！如果这样，您让她情何以堪？"

尔康几句话，说到紫薇心坎里，紫薇就再也忍不住，伏地痛哭了。

皇后生怕再有变数，急忙上前，大声呵斥：

"尔康！你好大胆子，胆敢说老佛爷'屈打成招'！"

就在这时，晴儿走了过来，手里拿着一沓锦缎和那个

"布娃娃"。晴儿屈了屈膝，不亢不卑，条理分明地说道：

"老佛爷，皇上，皇后娘娘！晴儿有几句话，不能不说！这个娃娃，从昨儿个起，就在晴儿手上。晴儿已经仔细研究过了，这个缝制娃娃的白色锦缎，正好和上次苏州织锦厂送进宫的雪缎一模一样。证明这个娃娃，不是宫外带进来的，是宫里的人做的！晴儿记得，这个锦缎，当时老佛爷留了一些，剩下的只给了宫里很少的几个娘娘，并没有分给漱芳斋。只要到敬事房查一下，大概查得出来是给了哪几个娘娘！"

晴儿这番话，震动了房里每一个人。皇后一惊，容嬷嬷倏然变色。

乾隆和太后全部大震，瞪着晴儿手里的布娃娃。

尔康、永琪惊看晴儿，此时此刻，真是说不出的感激与敬佩。

太后就惊喊道：

"晴儿，你说的话是真的吗？"

"布娃娃在这儿，雪缎也在这儿，请老佛爷比较看看！"晴儿递上两样东西。

太后就急急忙忙去比较那个娃娃和锦缎。

小燕子这下得理不饶人，大喊起来：

"皇阿玛！您赶快下令，把那几个娘娘通通关起来！再用夹棍夹一夹！说不定有一大车的犯人！"

乾隆惊喊：

"夹棍！紫薇，你被夹棍夹了吗？给朕看看你的手！"

"皇阿玛！不要看了！"紫薇想把双手藏起来。

小燕子不由分说，一把拉起紫薇的手，给乾隆看。

"您看！您看！肿成这个样子，不知道骨头有没有断？如果断了，谁来弹琴给皇阿玛听？谁来陪皇阿玛下棋？"

大家睁大眼睛看去，只见紫薇的十个手指，肿得像萝卜一样，因为淤血，青青紫紫，惨不忍睹。

尔康一看，心脏猛地一抽，痛楚得快要死掉。

乾隆怒喊：

"尔康！快传令敬事房，马上查明回报！"

尔康眼睛都涨红了，义愤填膺，大声回答：

"臣领旨！"

尔康站起身子，转身要走。紫薇急喊：

"尔康！等一等……"

尔康站住，回头看着紫薇。

紫薇匍匐向前，伏在乾隆脚下，再仰头看着乾隆，诚诚恳恳地说道：

"皇阿玛请息怒！自从秦汉以来，历史上的巫蛊事件，每次都牵连好多人，被冤死的人无数！而且，让整个宫廷，人心惶惶。如果皇阿玛相信紫薇和小燕子是无辜的，这件案子可不可以到此为止？紫薇相信，皇阿玛洪福齐天，一个布娃娃，绝对不能伤害皇阿玛！但是，追究下去，对皇阿玛的伤害，对老佛爷的伤害，对整个皇室的伤害，都会非常严重！皇阿玛，请不要再追查了！"

紫薇几句话，句句说进乾隆内心，乾隆瞪着紫薇，震撼极了。

晴儿就一步上前，也对乾隆跪下了，也是一脸的诚挚，说道：

"紫薇的话，说中了最重要的地方！这件事，不论是谁做的，经过这样一闹，她自己一定心里有数！如果紫薇和小燕子不追究，等于是两位格格放她一马！晴儿想，人心都是肉做的！让那个人感动，还是比让她砍头好！"

紫薇听到晴儿这几句话，正是她想说的，不禁惊看晴儿。晴儿也转头看她，两个女孩的眼光接触，都有着复杂的折服和了解。

皇后听了晴儿这几句话，脸色忽青忽白。容嬷嬷已经面无人色。

太后看看紫薇，心里着实后悔，就铁青着脸，震怒地说：

"不行！如果有这么一个人，做了布娃娃要害皇帝，再定计要害格格，这样罪大恶极，怎能放她一马？如果她继续造孽，岂不是还要害人？"

皇后浑身掠过一阵寒栗。

乾隆瞄了皇后一眼，恨恨地咬牙，大声说道：

"对！应该把她揪出来，五马分尸，凌迟处死！"

皇后和容嬷嬷双双一颤。

第五章

　　乾隆虽然嘴里叫嚷着要立刻查办这件案子，但是，并没有马上行动。皇后和容嬷嬷就慌慌张张回到坤宁宫。走进房间，容嬷嬷急急地关门关窗。皇后看到每扇门窗，都已严密关好，才紧张地问：

　　"你怎么如此粗心？会用雪缎去缝制布娃娃？"

　　"是奴婢的疏忽！"容嬷嬷懊恼极了，"当时，只想用一块不起眼的料子，在一堆零头布料里，这块颜色最素，看起来也没有什么特色，奴婢根本不知道这是雪缎，还以为就是普通的衬里雪纺！奴婢该死！"

　　"别说'奴婢该死'了，已经是这样，懊恼也没用了！现在，我们要怎么办呢？皇上和老佛爷那个样子，好像是非查不可！你看，我们还能脱罪吗？"皇后害怕地问。

　　容嬷嬷镇定了一下自己：

　　"娘娘先不要慌了手脚，奴婢想，就算敬事房有记录，查得出来哪儿有这个料子，也不能咬定是咱们做的！如果有料子的人都有罪，牵涉的人就多了！想必皇上不敢这样做！反正，我们咬定没做就对了！这个事情，并不是查到是雪缎就算破案了，还是什么证据都没有！"

"是啊！"皇后惊魂稍定，"不过只查到雪缎而已，又不能证明什么！"

"对！如果老佛爷她们怀疑到娘娘，娘娘就喊冤，要求彻查宫里所有的雪缎。奴婢这几天，就到每个宫里安排安排……让令妃娘娘那儿有，香妃娘娘那儿也有，至于漱芳斋，还是可以有！"

皇后眼睛一亮。

"你安排得好吗？不会再出状况吧？"

"娘娘放心，交给奴婢吧！这次，我一定会非常小心的！"

"还有那些侍卫，嘴巴封住没有？高远、高达可靠吗？"

"如果机事不密，他们也是脑袋搬家的大事，娘娘想，他们既然蹚进这个浑水里去了，就只能硬着头皮撑到底……谁会拿自己的命来开玩笑呢？"

皇后点头，眼光闪烁，心里仍然在害怕着。容嬷嬷想想，又说：

"不过，现在情况对我们不利，只得便宜了那两个丫头。暂时，没有办法治她们了！娘娘在老佛爷面前，恐怕也要小心一点，那个晴儿，实在太机灵了！娘娘千万千万留心，不要露出心虚的样子来！也不要再和那两个丫头作对！"

皇后心有余悸，不住点头。

"你真的认为，我们还能脱身？"

"只要娘娘抵死不承认，谁能把这么大的罪名硬扣给娘娘？何况，娘娘还是皇后！比那几个毛孩子，总是地位崇高多了！如果闹大了，岂不是整个朝廷都会震动？娘娘的娘家，那拉氏家族，也不会善罢甘休吧！"

皇后再点头，其实，心里七上八下。

容嬷嬷正视皇后，再加了一句：

"奴才想，万岁爷即使怀疑娘娘，这么大的事，也会有忌讳！娘娘，您尽管抬头挺胸，不要害怕！"

皇后勉强地应着，脸上，仍是带着深深的恐惧。

乾隆顾不得皇后，因为，他正在漱芳斋，亲眼看着太医治疗紫薇。

紫薇半坐在床上，拼命忍着痛，太医正用绷带一层层地包扎着她那肿胀的手指。

乾隆、令妃、尔康、永琪、小燕子都焦急地站在一旁看。

金琐、明月、彩霞都在帮忙太医，托着药盘，递绷带、剪刀。

"哎哟……哎哟……"紫薇忍不住了，痛得眼泪直流，脸色白得像纸一样。

尔康拼命吸气，好像痛的是他自己，嘴里不停地喊：

"轻一点，太医！拜托……轻一点……"

"没办法，格格，你只好忍一忍！"太医小心翼翼地包扎着，说道，"臣知道很痛，可是一定要包扎固定，不然，恐怕会留下病根，不治好，手指就不能用了！"

紫薇咬着牙关，呼吸急促，冷汗从额头上，大颗大颗地滴下来，大家看得胆战心惊。乾隆听到太医那样说，就吓了一跳，问：

"胡太医，手指不能用是什么意思？有那么严重？"

"回万岁爷！骨头虽然没有断，但是，骨膜已经受伤，关节也有错位。臣只怕调养不好，会留下长期的病痛！"

乾隆激动地嚷：

"怎么会调养不好？胡太医，用最好的药，务必把她治好，听到没有？"

太医赶快一迭连声回答：

"喳！喳！喳！臣遵命！臣遵命！"

太医一分心，包扎得稍微用力一些，紫薇痛得惨叫：

"啊……好痛……金琐……金琐……救我……"

金琐急忙扑到紫薇床前，不能握她的手，只能抱住她的头，拼命给她擦汗，喊：

"小姐！我在这儿，我在这儿！您忍一忍，马上就好了！啊？"

尔康额上也冒出了冷汗，直喊：

"轻一点！太医，拜托！轻一点……"

小燕子眼泪夺眶而出，对永琪哭着说：

"都是我不好！侍卫拉她走的时候，我就应该跟她在一起，说什么都不要离开她，不该让她单独去被审问！有我在，一定不会这样！我拼死也会挡在前面！"

永琪安慰着小燕子：

"不要难过了，当时，侍卫只带走她一个，你也无可奈何呀！"

好不容易，太医包扎妥当。

紫薇闭眼靠着，脸孔和嘴唇，全是惨白惨白的。

太医站起身来，充满歉意地看着紫薇，说：

"紫薇格格，对不起，臣知道很痛，所谓十指连心，没有一种痛可以跟这种相比了！臣现在马上开方子，去御药房抓药，立刻煎了服下，或者可以止痛！"

"快去抓药！快去！快去！"乾隆喊。

太医急步而去了。乾隆低头看着紫薇：

"紫薇，你还好吗？"

紫薇睁开眼睛，忍痛说道：

"皇阿玛！我还好……还好！"

乾隆看着这样的紫薇，心痛极了，说道：

"紫薇，朕真的没有想到，你会再受这样的苦！如果朕想到了，怎样也不会让你们进监牢！"

小燕子眼泪一掉，哭得稀里哗啦：

"皇阿玛！您居然不相信我们！为了一个布娃娃，你狠心到让我们再去坐牢，让紫薇再受一次苦！我们拼命喊您求您，您都不理！您好残忍，我不要再听您了，不要再信您了！"

令妃急忙说：

"小燕子！怎么可以跟皇阿玛这样说话呢？昨晚那个状况，人证物证都在，那么多人瞧着，皇阿玛总不能不办呀！你瞧，这不是马上放出来了吗？"

"如果没有晴儿，我们哪里放得出来，恐怕每个人的手指，都跟紫薇一样了！"

乾隆难过极了，看着两个姑娘："小燕子、紫薇，你们不要伤心了！朕也有朕的无可奈何！"说着，就转向尔康："尔康，你回去跟你阿玛好好地谈一谈，再来开导开导这两个丫头！"

"是！"

"紫薇，你好好休息！"乾隆再看向紫薇，"朕相信，像你这样懂事、这样识大体的孩子，上苍会给你最大的怜惜，朕保证，一切灾难到此为止，以后都是坦途了！"

"谢皇阿玛！"紫薇低低地说。

"别谢朕了！"乾隆一叹，有些感伤，"朕贵为一国之君，应该可以呼风唤雨，但是，却无法保护自己心爱的女儿，朕也有许多挫败感，许多无力感呀！对你们两个，真是充满了歉意。"

乾隆这样坦白的几句话，立刻让紫薇和小燕子，深深感动了。紫薇衰弱地说：

"皇阿玛！紫薇什么都了解。皇阿玛不要担心了！我会照顾自己，让自己很快地好起来，我想，没有多久，我就可以和皇阿玛下棋了！"

乾隆看着那包扎得厚厚的手，咽了一口气：

"朕也好想跟你下棋！别着急，慢慢把伤养好！咱们父女找一天，痛痛快快地下几盘！"

令妃看到尔康满眼的千言万语，体贴地对乾隆说道：

"皇上，您昨晚一夜没睡，今天又忙了一个早上，您也去休息吧！让紫薇也可以早点休息！"

乾隆就起身。

"那……朕走了！"

"臣妾跟皇上一起走！"

令妃陪着乾隆出门去。永琪、尔康急忙送出门。

乾隆走到漱芳斋门口，又回身看着尔康和永琪，郑重地问道：

"漱芳斋的安全，你们有没有重新部署？"

"启禀皇上，"尔康说，"今天一早，五阿哥和臣就审问了高远、高达，昨晚的刺客，显然是个内线，而且是个高手。臣以为，宫里的侍卫脱不了干系！其中，以高远、高达的嫌疑最重！可是，他们两个抵死不承认，我们也怕冤枉了他们，只好放了！可是，他们没有尽到保护漱芳斋的责任，是个事实！臣已经做主，革除了他们的职务，调派到东陵去守墓园！"

"做得好！朕想了一夜，也觉得这两个侍卫最为可疑！那么，朕把漱芳斋的安全，交给你们两个了，你们可以随时出入漱芳斋，不用避嫌了！老佛爷再问起来，就说是朕亲自命令的！漱芳斋安全第一，规矩、礼节都暂时丢一边去！"

尔康和永琪，真是喜出望外，乾隆这个"恩典"，实在太大了。两人赶紧谢恩：

"谢皇上、皇阿玛恩典！"

乾隆一走，尔康就迫不及待地冲进了紫薇的卧室，痴痴地看着紫薇。永琪拍拍小燕子的肩，说：

"小燕子，我们出去吧！"

小燕子点点头，跟着永琪出门去。金琐对尔康叮嘱：

"您千万不要碰到她受伤的手！我和明月、彩霞去煎药！"

尔康点头，眼光一直看着紫薇。大家就全部出门了，把房门合上。

尔康站在床前，还是痴痴地看着紫薇。紫薇见他如此，勉强地挤出一个笑容：

"不要难过，我还好，真的，只有在包扎的时候痛，现在已经不痛了！"

尔康就在床沿上坐下，小心翼翼地捧起她受伤的双手，哑声地说："紫薇……"才喊了一声，再也不能控制自己，一滴泪滑落下来，落在绷带上。

紫薇好震动，哽咽地说：

"尔康，不要这样子！我真的不痛了！"

尔康痛楚已极地说：

"好像你常常在对我说这句话，真的不痛了！真的没关系！真的不要紧，真的没事……但是，事实上，全是相反的！你一直受伤，一直受苦，左一次，右一次！我怎么把你弄成这个样子？当初，我是哪一根筋不对，会把你送进宫来？认不认爹，当不当格格，指不指婚，有什么关系呢？我就这样认死扣！"

"不要怪你自己，好不好？"紫薇柔声说，"认不认爹，指不指婚，对我都很重要呀！我愿意为这个而付出！皇阿玛说得对，上苍好怜惜我！你瞧，它给了我两个最珍贵的男人，一个是我爹，一个是你！我受的苦，因为有你们两个，就变得值得了！"

"紫薇，不值得！一点都不值得！"尔康的声音发自肺腑，句句都在滴血，"我真的恨死自己了，不能保护你，不能带走你，不能娶你！我算什么男子汉呢？我没有办法再过这种日子了！等你好了，我们走！这个皇宫、格格、御前侍卫、皇上……都让他过去吧！人生必须有所取舍，你已经认过爹了！有过爹了！够了！这座皇宫，不适合你，也不适合我！我早就说过，绝对不让你再受任何伤害！可是，我竟然做不到！眼看你被带走，眼看你被关监牢，我一筹莫展！现在，看到你的手指包扎成这样，十指连心，它真的让我有锥心之痛……我怎么办呢……"他越说越气，用拳头敲着自己的额头："我真恨我自己！"

紫薇一急，就忘了自己的手伤，伸手去拉他。手一碰到他，剧痛钻心，叫出声：

"哎哟……哎哟……"

尔康跳起身子，面孔雪白，伸出双手，急忙捧住她的手，颤声地喊：

"你要干什么？为什么动来动去？怎样？怎样？"

紫薇吸了一口气："你如果不那么难过，我会好过很多！"她的嘴角痉挛着，额上的冷汗点点滴滴往下淌，终于再也忍不住，哀声地、求救地喊："尔康，我不骗你了，我真的很痛！求求你，跟我说一点什么，说一点让我不痛的话，好不好？好不好？求求你……"

尔康觉得自己都快晕了，天啊，什么话能够让她不痛？他颤声地、急急地说：

"好好，我说，我说！记不记得幽幽谷？等你好了，我们再去幽幽谷……我们去骑马，沿着那一条河，我们往上游走，就这样一直走，一直走，走到天和地的尽头去。我们把宫里的倾轧暗算、阴谋诡计，全体抛开！去营造我们的世界！那个世界里，绝对没有痛苦，没有黑暗！有花，有草，有云，有梦，有你，有我……"

紫薇靠在枕头上，看着他，听着他，但是，依然痛得冷汗直冒。

这时，金琐敲了敲房门，端着一碗热腾腾的药进来。

"尔康少爷，您让一让，太医说，这药要马上喝！她的手不能动，我来喂她！"

尔康颤巍巍地接过了药，对金琐说：

"你去吧！喂药的事，交给我！"

"当心！好烫！"

金琐把药碗交给尔康，出去了。

尔康就坐在床沿，盛了一汤匙的药，细心地吹着，吹凉了，送到紫薇的唇边。

"来！慢慢吃！"

紫薇就着他的手，喝了一口，眉头一皱：

"好苦！我……喝不下去……我……"

紫薇话没说完，整口的药，全部吐了出来，吐了尔康一身。她一急，伸手就去拂弄，又碰痛了手，她甩着手，大叫起来：

"哎哟……尔康……救我……我……我……"

紫薇喊了两句，一口气接不上来，就晕死过去。

尔康直跳起来，整碗的药，全部泼在自己身上，碗也落地打碎了。尔康也顾不得烫，抱住了紫薇，痛喊："紫薇！怎样了？天啊！谁来帮助我们？"就直着喉咙大叫："金琐！小燕子！彩霞……大家快来啊……"

金琐、明月、彩霞、小燕子、永琪全部冲了进来。金琐喊："怎样了？怎样了？"过来扶住紫薇，但见紫薇闭着眼睛，气若游丝，大惊："小姐！小姐！您醒醒啊？"

小燕子瞪着紫薇，喃喃地喊：

"她死了！她死了！"

永琪看了一眼，反身就往外冲，大叫：

"小邓子！小卓子！赶快去宣太医！把胡太医、李太医、钟太医、杜太医通通宣进来！"

乾隆离开了漱芳斋，就一个人都不带，直接去了坤宁宫。

见到皇后，乾隆立刻声色俱厉、直截了当地问：

"你什么时候做的那个布偶？你对朕明白招来！"

皇后大震，后面站着的容嬷嬷一个惊跳，脸色惨变。皇后还没说话，容嬷嬷就对着乾隆"嘣咚"一跪，大声喊冤：

"万岁爷！您千万不要冤枉了娘娘呀！皇后娘娘心里只有皇上，夜里做梦都喊着皇上，她怎么也不会害皇上呀……"

乾隆气极，一脚对容嬷嬷踹了过去：

"你这个无耻的东西！你以为朕不知道，就是你在后面给皇后出歪主意，挑拨离间，无所不用其极！你还要喊冤，我先毙了你！"

容嬷嬷摔了一跤，听到要毙了自己，又屁滚尿流地爬起来，磕头如捣蒜：

"万岁爷开恩！万岁爷开恩！万岁爷开恩……"

乾隆瞪着容嬷嬷，大吼：

"你闭嘴！"

容嬷嬷猛地闭住嘴巴。

乾隆就怒气腾腾地盯着皇后，咬牙说道：

"皇后，若要人不知，除非己莫为！你自己干了什么好事，你自己心里明白！朕今天来这儿，没有带任何一个人，就是还顾念夫妻之情，想给你留一线生机，如果你还是坚持不说实话，朕就再也不需要顾念什么，任何一个罪名，都可以把你废了！让你永远见不到天日！"

皇后看着乾隆，不禁颤抖：

"皇上！你冤枉臣妾了！臣妾就是有一百个胆子，也不敢谋害皇上！"

乾隆一拍桌子，大吼：

"你岂止有一百个胆子？你简直有一千个胆子，一万个胆子！而且，每个胆子都是黑色的！你还要狡赖吗？你还不说吗？真要朕把那个娃娃送到刑部去调查吗？"

"皇上就是送到刑部，臣妾还是这句话！"皇后挺了挺背脊，强硬起来，"为什么皇上就凭'雪缎'这样一个线索，就认定是臣妾所做呢？难道令妃娘娘没有雪缎？难道其他娘娘那儿没有雪缎？就连晴儿也说了，老佛爷那儿还有雪缎呢……"

"放肆！难道老佛爷也会谋害朕不成？"

"如果皇上对臣妾都不信任，那么，任何人都值得怀疑了！那两个格格，说不定也有雪缎，说不定是令妃娘娘给她们的，说不定她们从那儿拿的……"

乾隆气得发晕，指着皇后，一字一字地吼道：

"给你一句话！多行不义必自毙。你的所作所为，朕已经清清楚楚！你招与不招，都是一样！你以为，我一定会顾及老佛爷，对你忍让三分？告诉你，一旦你的真面目揭开了，第一个要除掉你的，就是老佛爷！"

皇后挺立着，努力维持着镇定。

"你小心一点！那个布娃娃在朕手上，你以为只有雪缎这个线索吗？上面的线索太多了！你逃也逃不掉，赖也赖不掉！朕现在不杀你，是看在十二阿哥的面子上，母亲谋逆，孩子怎么面对以后的生命？他还不到十岁呀，你要他长大之后怎么做人？怎么见容于其他兄弟？你这个没心没肝的女人，你都不为孩子留一条后路吗？你不在乎永璂，朕还顾全他是朕的儿子！今天，朕记下你的人头，今后，你再去找紫薇和小燕子的麻烦，再去弄些妖魔鬼怪的事情，朕会剁碎了你！"

乾隆说得斩钉截铁，正气凛然，皇后睁大了眼睛，一时之间，什么话都说不出来了。

容嬷嬷跪在地上，簌簌发抖。

乾隆就一拂袖子，大踏步地去了。

乾隆没有回乾清宫，他又去了慈宁宫，见到太后。

"皇额娘！请您屏退左右！儿子有话要跟您说！"

太后见乾隆神色严重，对晴儿使了一个眼色。晴儿就带着宫女们退出房间，并关上房门。太后看着乾隆，关心地问：

"皇帝，你是不是已经查出来，那个布偶是谁做的了？"

"布偶是谁做的，朕心里有数！但是，要抓实际的证据，还是差那么一点！朕现在不想继续追究这件事，希望皇额娘也不要追究了！"

"那怎么行？"太后激动地说，"我只要一想到，有人要陷害皇帝，我就心惊胆战了！宫里藏着这样一个祸害，让人睡觉都睡不着，怎么能不管呢？"

"皇额娘！事情一追查，就会不可收拾！可能祸延子女。老佛爷想想清楚！"

"那么，皇帝认为是某个娘娘做的？"太后一震。

乾隆干脆挑明了：

"可能更高的人，例如皇后做的！"

太后大震，激动起来。皇后是太后挑选的，当初让她侍候乾隆，也是太后的意思。对这个皇后，太后一直非常喜欢，绝对信任。

"绝不可能！皇帝多心了！怎么可以怀疑到忠心耿耿的皇后身上？她只是太严肃，不讨皇帝喜欢而已！心地绝对正直！我可以为她打包票！"

"朕就知道老佛爷会这样说！"乾隆大大地叹了一口气，心里怄得不得了！可恨，现在投鼠忌器，上不能伤太后的心，下不能伤十二阿哥的心！明知道皇后在捣鬼，自己竟有这么多的无可奈何！他咬咬牙："那个布偶，上面有字，字迹是跑不掉的！有针，针从哪儿来，也追查得出！目前，大家最好按兵不动，不要吓得那个作恶多端的人，再做出更加离谱的事情来，那会带给朕真正的灾难，会把后宫搅得天翻地覆的！我们大家……只好忍耐！让朕慢慢来办，总有水落石出的一天！"

太后沉思，不禁点头。乾隆脸色一正，更加郑重地说道：

"再有，这宫里的私刑，最好立刻停止！皇额娘是吃斋念佛的人，不要被那些心狠手辣的嬷嬷连累了！夹棍这种东西，可以毁掉了！对一个娇娇弱弱的姑娘，用这么残酷的东西逼供，怎么忍心呢？"

太后听到乾隆俨然有指责之意，一时气怯心虚，答不出话来。

乾隆看太后如此，心有不忍，又是重重一叹：

"事情过了，也就算了。只希望这种悲剧，不要重演！太医刚刚诊断了紫薇那丫头，十个手指，肿得像萝卜一样！那孩子，琴棋书画，件件精通，如果手指废了，岂不是天大的遗憾吗？"

太后脸色灰败，对于对紫薇用刑的事也着实有些后悔。但是，乾隆这样振振有词，她面子上也有一些挂不住，沉默了片刻，才落寞地说道：

"皇帝的意思，我知道了！以后，不再用刑就是了！我会对紫薇用刑，也是急怒攻心，怕她伤害皇帝呀！"

乾隆还想说什么，体谅到太后都是为了自己，也就欲言又止了。

当乾隆在和皇后、太后摊牌的时候，漱芳斋已经一片混乱。

四个太医全部赶到了漱芳斋，围着床，紧张地诊治、会诊，低声讨论。

紫薇昏睡在床上，额上压着冷帕子。脸色和那帕子一样白，一点血色都没有，呼吸微弱得几乎快要停止了。几个太医，都是一脸的沉重和害怕。

"这高烧不退，吃下去的药又全部吐了，情况实在危急！"一个说。

"脉象微弱，昏迷不醒，五脏都很虚弱，是不是要禀告皇上？"另一个说。

"已经昏迷两个时辰了！情况太不乐观，可能撑不下去……"

几个太医低低讨论，尔康站在床边，听得清清楚楚。一个激动，冲上前去，抓起胡太医，激动地问：

"什么脉象微弱？什么五脏虚弱？她昏迷以前，还在跟我说话，脑筋清清楚楚，怎么会突然这样？到底严重到什么程度？胡太医，你说话呀！"

胡太医惶恐地起立，回答：

"福大爷！您冷静一点！紫薇格格不只是手指受伤，她还受了很重的风寒，本来她的身子骨就不是很好，上次中了一刀，始终留着病根，现在是数病齐发，来势汹汹，只怕会拖不下去了！"

尔康只觉得脑子里轰然一响，眼前金星直冒，踉跄一退。

小燕子魂飞魄散，扑倒在床边，抱着紫薇的头，摇撼着，痛哭起来，边哭边叫：

"不要！紫薇，不要！我们结拜过，要一起生，一起死，你绝对不可以先走，你走了，我怎么活得下去？皇阿玛说了，我们再也没有灾难了，以后都是好日子了，你怎么可以说走就走……"

永琪急忙去拉小燕子：

"小燕子！你不要推她，不要摇她，当心再弄痛她，那不是会更严重吗？……你先到外面屋里去等一下吧！"

小燕子哭喊着：

"我不要！我不要！紫薇，紫薇！以前你挨了一刀，你都挺过去了！这次，只伤到手指头，你为什么挺不过去？紫薇，你要听我的！睁开眼睛看我……"

金琐的眼光，呆呆地看着紫薇，眼中没有眼泪，显出少有的坚强。她忽然冲上前去，用力推开小燕子。

"小燕子！你让开，让我来照顾她！"

小燕子跌倒在地，永琪就用力拉起了她，把她拖到外面大厅里去了。

金琐就跪在床前，紧张地喊：

"明月、彩霞！换帕子！我们给她不断地冷敷，让热度先退下去！"

"是！"两个宫女就穿梭着绞毛巾，换帕子。

尔康激动地抓住胡太医，摇着，大叫：

"太医！你开药，你再开药！你不要放弃呀！"

"是是是！"胡太医颤声地应着，又去翻开紫薇的眼皮，看了看，再度诊脉，回头对其他太医说，"我们出去开会，看看还有什么办法没有？"

四个太医就仓皇地退出了房间。

尔康的眼光，直直地瞪着紫薇，完全不能相信这个事实。

金琐、明月、彩霞三个，就像发疯一样地换帕子，绞帕子，冷敷。金琐一面换帕子，一面喃喃地说道：

"不会死，不会死……绝对不会……绝对不会……绝对不会……"

尔康突然冲到床前，对金琐、明月、彩霞命令地说道：

"你们通通下去！"

"尔康少爷！"金琐抗议地喊。

"通通下去！"尔康沙哑地说。

金琐看了尔康一眼，和明月、彩霞通通下去了。

尔康就一下子扑跪在床前，摸着紫薇的头发，盯着紫薇的眼睛，用吻印在紫薇的额头上、眼皮上，低声而痛楚地说道："紫薇！我不知道你能不能听见我？我求求你，一定要听见！如果你的耳朵听不见，那么用你的心，用你的意志来听我！"他咽了一口气，声音里全是哀恳："紫薇，你是我的一切！我们风风雨雨的日子，都已经结束了！你不能在这个时候弃我而去，那太残忍了！你好善良，好热情，你什么人都不愿意伤害，包括你的敌人在内，那么，你忍心伤害我吗？

紫薇，我跟你说，我一点都不坚强，我很脆弱，我没有办法承受失去你！请你，求你，不要离开我！"

紫薇躺着，眼角，溢出一滴泪。尔康继续说：

"在你昏迷以前，我正在告诉你，我们那美好的未来，那有诗有梦的日子！紫薇，不要让那些话变成虚话，没有你，花草树木，天地万物都会跟着消失！我们有誓言，有承诺，你不能失信！不要留下我一个人！你那么了解我，你知道的，没有你，生命还有什么意义？请你醒过来！睁开眼睛，不要吓我，好不好？好不好？"

紫薇的眼角，溢出了更多的泪。

尔康看到了那些泪珠，激动得一塌糊涂，跳起身子，大嚷：

"太医！太医！她听得到我！她还有意识，还有思想……太医！太医……"

四个御医和众人又一拥而入。

第
六
章

　　晚上，乾隆、令妃得到消息，气急败坏地冲进了漱芳斋，太后也得到了消息，把晴儿派来看看虚实。乾隆一进大厅，就震惊地喊：

　　"什么叫作紫薇病危？怎么会病危？"

　　小燕子和永琪迎上前去。小燕子哭得眼睛都肿了，看到乾隆，就忍不住扑进乾隆怀里。

　　"皇阿玛！太医都说，紫薇没有希望了！她快死了……尔康一直跟她说话，她还听得见，还会掉眼泪……但是，太医们诊治了半天，还是说，她快要死了！"说着，就放声痛哭了。

　　"怎么会？怎么可能？"乾隆睁大了眼睛，无法相信，"下午包扎的时候，她不是还很好吗？永琪！到底是怎么回事？"

　　永琪含泪说道：

　　"皇阿玛！是真的！下午你离开没有多久，紫薇就昏迷不醒了，我们把四个御医全部宣进宫，可是，紫薇一直没有醒……御医已经要我们做最坏的准备……现在，尔康、金琐都守着她，喊了她几千几万遍，她就是不睁开眼睛……"

"不可能！她还那么年轻！她怎么能够死？"令妃嚷着，就冲进卧室去。

乾隆和晴儿，也急急地冲进卧室里去了。

紫薇躺在床上，看起来了无生气。

金琐、明月、彩霞还在徒劳地换帕子。

尔康已经停止呼唤，整个人呆呆的，完全失魂落魄了，站在床脚，只是目不转睛地盯着紫薇。似乎自己的整个生命，也跟着她快要消失了。

四个太医还在窃窃私语，商讨病情。

乾隆和令妃一冲进房，四个太医全部跪了下去，齐声说道：

"臣参见皇上，皇上万岁万岁万万岁！令妃娘娘千岁千岁千千岁！"

乾隆一挥手：

"起来！什么时候了，不要行礼！告诉朕，紫薇怎样？"

胡太医躬身说道：

"回皇上，高烧一直没有退，脉象已经快要消失了！可能，挨不到明天天亮了！"

乾隆如遭雷击，大怒：

"胡说！你们会不会医治？赶快煎药来，治不好，你们提头来见！"

"喳！喳！喳！"几个太医就急急地去一边，低声讨论。

乾隆走到床边，看着那毫无生气的紫薇，忍不住大声嚷道：

"紫薇丫头！朕来看你了！上次，你拔刀的时候，朕说过，朕贵为天子，会带给你福气，现在，朕还在这儿看着你！你不许死，听到没有？"

令妃不禁落泪了，哀声地说：

"紫薇，你还没有成亲，没有生儿育女，生命等于没有开始，你跟尔康的誓言，也没有实现，你怎么舍得走呢？"

令妃的话，使努力维持镇定的金琐，终于伏在紫薇的枕边哭了，低喊着：

"小姐！这么多人在喊着你，这么多人在留着你，你难道都听不见吗？"

明月、彩霞全都哭了。室内一片哀戚。小燕子就扑到床前来，哭道：

"紫薇，你是世界上最好心的人，你为什么要把我们大家都弄哭呢？你好坏，你好坏……"

晴儿站在远远一角，非常震撼地看着这一幕。

这时，紫薇忽然一动，嘴里低低地、口齿不清地、喃喃地呼唤着：

"尔康……尔康……"

尔康大震，跌跌冲冲地扑过去，跪在床头，哑声地喊：

"紫薇，我在这儿，我在！"

紫薇努力想睁开眼睛，但是，眼皮似乎十分沉重。她衰弱已极，模糊不清地说：

"山无棱……天地合……才敢……与君绝……"

尔康顿时心如刀绞，五内俱焚，不敢碰到紫薇的手，拼命摇着紫薇的肩：

"什么山无棱，天地合？不要再说那些废话了！你给我醒来！如果你死了，我追你上天下地，永远都不原谅你！你听到没有？听到没有？你醒来……醒来……"

所有的人全部哭了。乾隆也泪水盈眶了。晴儿远远地看着，眼睛湿漉漉。

就在这一片混乱中，含香手里拿着一个锦缎的袋子，急急地冲进门来。大家都在巨大的伤痛中，几乎没有人注意到她。她试着要接近床前，但是，好多人拦在前面，她就大声地、急促地说：

"请大家让一让！"

乾隆抬头，看到含香，更是满心伤痛，含泪说：

"香妃！你也听说了？太医说她活不下去了！你们一直相处得那么好！你来送送她吧！她快要走了……"

乾隆就起身，把位子让给含香。

含香扑到床边跪下，就急急忙忙地去看紫薇的瞳孔，又抓起紫薇的手，看看那裹着绷带的手，毫不迟疑，她就命令地说：

"金琐、明月、彩霞！快解下这个绷带，给我看看！"

"可以解开吗？太医说解开了手指会有问题……"金琐问。

含香大急，睁大眼睛喊：

"人都要去了，还有什么可以不可以？还管手指有没有问题？吃了什么药？"

含香的这种气势，使尔康乍见曙光，就一惊抬头，看着含香：

"什么都没吃，吃进去的药全吐了！"

"好！"

含香就打开锦袋，拿出一个盒子，再打开盒子，里面有个瓶子，再打开瓶子，取出一颗蜡封的药丸来。她捏碎蜡封，顿时满室生香。然后，她捏着紫薇的下巴，让她张开嘴来，就把那颗药丸塞进紫薇嘴里，再捏紧她的嘴，防止她吐出来。

大家全都看傻了，目不转睛地看着。

乾隆忍不住问道：

"你给她吃的是什么？"

"这是我们王室的秘方，叫作凝香丸。是用穿山甲、白芷、天花粉、双花、防风、乳香等十几种动、植物提炼而成，有清热解毒、活血止痛的奇效，是救命的良药！我来这儿的时候，我爹给了我五颗。"含香说着，盯着紫薇看，看她喉咙一咽，这才松手，吐出一口气来说，"还好，她还能咽！咽下去了！"

永琪就急急地问：

"这表示她会活吗？"

"我还不知道。"含香说，目不转睛地审视着紫薇。

这时，金琐和彩霞已经解开了紫薇的绷带，只见两手都已红肿发紫。

含香又从锦袋中拿出一瓶药膏来，一面细心地给紫薇涂抹，一面说：

"金琐！你也来帮忙，每个手指都给她抹上，轻一点，不要碰痛她！抹完了再把绷带包上！"

彩霞和明月也来帮忙，大家给紫薇细心地上药，小心地包扎。

"你这擦的又是什么？"乾隆再问。

"这叫'仙花露'，是从金银花、蒲公英、野菊花、紫花地丁、紫背天葵子……这些野花里提炼出来的，对于消肿止痛也有奇效，是回族的秘方，我们试试看吧！"

小燕子觉得有了希望，擦掉眼泪，惊喜交集地说：

"原来，你还会医术！你从来没有告诉过我们！早知道，就把你早点请来！"

"我不会医术，只是家传了这些药，看到过我爹用它治病，我也不知道有用没有！我以前只帮我爹做副手，自己没有帮人治过病，现在是情况危急，顾不得了！"

金琐满眼发光了，喊着：

"一定有用！一定有用！老天把你送过来，给我们小姐救苦救难的！一定有用！"

大家听了，都通通点头，似乎大家的希望都寄托在含香身上了。尔康屏着呼吸，充满希望，提心吊胆地问：

"什么时候，我们才知道有效？"

"接下来，我想，我们只能等，看看她的反应！"

尔康就在床前，席地而坐，两眼直直地看着紫薇。

含香看看满屋子的人，对大家说道：

"我们可能要等很久，大家最好散开，让她有新鲜空气！"

乾隆就命令道：

"我们都出去，到大厅里去等！四位太医不要离开，也到外面去等着！令妃，让小邓子、小卓子给大家弄点茶来喝！"

"我不出去，我要守着她！"小燕子固执地说。

尔康根本就像石雕木塑一般，早被钉死在紫薇床前了，动也不动。于是，众人都出去了。只有含香、尔康、小燕子、金琐、明月、彩霞守在床前。远远的墙边，有个人也没出去，那就是晴儿。她也像石雕木塑一样，看着这一切，不能移动了。满屋子的人，没有一个注意到她。

时间缓慢地消逝。一更，二更，三更……金琐、明月、彩霞仍然忙着绞毛巾、换帕子，尔康仍旧痴痴地看着紫薇，目不转睛。含香紧张地观察，试温度，试鼻息。小燕子走来走去，拜天拜地，嘴里念念有词……

三更打过之后，紫薇脸色逐渐红润，呼吸平顺起来。金琐摸摸紫薇的额头，惊喜地喊了起来：

"烧退了！烧退了！尔康少爷，烧退了呀！"

大家全部惊动了。尔康扑到紫薇身边，伸手触摸她的额头，立刻哑声大喊：

"太医！太医！快来看看！"

四个太医再度奔入。乾隆等人随后。太医趋前，俯身诊视。大家都睁大了眼睛，屏息以待，胡太医不可思议地抬头说道：

"热度退了，汗也发出来了！脉象也稳定多了！看样子，格格是吉人自有天相，大概不会有问题了！"

小燕子跳了起来，双手伸向天空，大喊："万岁万岁万万岁！我知道她不会死！我知道！我知道……"喊着，就去抱着金琐跳，又抱着明月跳，再抱着彩霞跳，然后抱着含香跳，乐不可支。

尔康听到胡太医这个宣布，紧张的情绪乍然放松，他的头一低，"砰"的一声，撞在床柱上。他虚弱地用手蒙住眼睛，泪水从面颊上滑落。

晴儿震撼地看着这一切，看着紫薇的病容，看着尔康的热泪，只觉得自己脸上一片潮湿。她抬手拭去脸颊上的泪珠，悄悄出门去了。

太后还没有入睡，正等着晴儿。

晴儿总算回来了。太后急急地问：

"我要你去看看紫薇，你怎么去了这么久？她是不是真的快死了？"

"回老佛爷，她已经度过危机，大概没事了！"

太后松了一口气，就有些狐疑起来。

"我就知道，哪有弄伤几个手指头，就会送命呢？这也太娇弱了吧！会不会是那个丫头玩花样，故意装死，好让皇帝心痛？"说着，就惊看晴儿，"你怎么了？眼睛红红的，哭过了吗？谁把你弄哭了？"

"老佛爷，我没事！"

"怎么说没事呢？明明就有事！谁欺负了你，告诉我，我给你撑腰！"

"真的没有人欺负我，是刚刚在漱芳斋，看到紫薇死里逃生，看到大家对她的那个样子，实在没有办法不感动！"晴儿坦率地看着太后，诚实地回答。说着，眼泪就涌了出来，急忙擦泪："对不起！"

太后困惑着，深深地看着晴儿。晴儿一向很能自制，喜怒都不形于色，今晚这个样子，实在太失常了。太后正在疑惑不解，晴儿忽然走到太后面前，对太后一跪。

"你做什么？"太后一惊。

"老佛爷！晴儿有事恳求老佛爷！"晴儿诚挚地说。

"你说！不要跪了！什么事？"

晴儿就好诚恳地、近乎哀求地说道：

"我知道，老佛爷最近为了我的终身大事，非常伤脑筋。我也知道，老佛爷看中了尔康，想拆散紫薇和尔康，好把我指给他！"

太后更深刻地看晴儿："嗯，你说中了！毕竟，我心里的事，都瞒不过你！怎样呢？"就弯腰悄声问："是不是我也猜中你的心事了呢？"

晴儿的眼神，清澈如水，光明如星：

"老佛爷您猜中了，可是，三年前您就该做主了！现在，太晚了！"

"只要晴儿有这个意思，没有晚不晚这句话！我现在还是可以为你做主！"

"可是，现在，我不要他了！"晴儿清清楚楚地说。

"为什么？"

"我要不起他了！"晴儿就坦白地看着太后，含泪说道，"老佛爷，自从我回宫以后，已经亲眼目睹尔康对紫薇的用心，我好感动！尤其今晚，我几乎见到了一场'生离死别'，我实在太震撼了！"

太后盯着晴儿：

"哦？震撼？"

"是啊！震撼极了！我不由自主，就被带进他们那个世界，见识了一场人间最强烈、最深挚的爱，我想，只有用'惊天地，泣鬼神'六个字来形容！太美太美了！这种感情，我虽然没有得到过，可是，我好敬佩，我好感动！如果我破坏了这份感情，我会恨死我自己！老佛爷，请帮我积德！千万千万不要拆散他们！晴儿谢谢您了！"

说着，就诚诚恳恳地磕下头去。

太后惊看晴儿，不相信地说：

"晴儿，你不必那么清高，这是你的未来啊！"

"老佛爷，我并不清高，一个不属于我的男人，我嫁了也不会幸福啊！如果老佛爷疼我，就让我陪伴您一生吧！"

"我不能这样耽误你！"太后想想，"或者，我可以安排，你和紫薇共侍一夫？不过，那样就太委屈你了，所以，我虽然有这个念头，始终没有提出来！"

"是！那样就太委屈我了！"晴儿赶紧说，"所以，千万不要这样安排！"

"我不了解……三年前，你陪我在碧云寺，那个下雪的晚上……"

"老佛爷都知道了？"晴儿叹口气，"那只是一个看雪的晚上，根本不代表什么！和出生入死、海誓山盟比起来，真是小巫见大巫了！老佛爷，你何必把我这样潦草地推出去呢？我真的不想介入他们两个的中间，因为，那个中间没有任何位置来给我！尔康眼里心里，都只有一个紫薇啊！"

"男人的心，永远是贪多的！是喜新厌旧的！"

"所以尔康才那么高贵！老佛爷，让尔康的高贵，一直活在我的心里，不要破坏他，好不好？这样，我才觉得自己也有一些价值了！"

太后看了晴儿好一会儿。

"你真的要这么做？你决定了？不要跟尔康成为夫妻？"

"是！我决定了！请老佛爷成全！"

"这……还叫'成全'吗？"太后好心痛，在晴儿眼底，读出了太多的"割舍"。她的心，就为这个自己深深宠爱的孩子而痛楚起来。是的，三年前，自己就该做主了！那时，都因为自己的私心，舍不得晴儿早嫁，没想到这一迟疑，竟然耽误了她！想着，心里更加懊恼和后悔起来，就伸手拉晴儿："傻孩子！我懂了……我要仔细地想一想，想通了再说！"

晴儿以为太后已经应允了，松了一口气："谢老佛爷！"就虔诚地磕下头去。

尔康彻夜守候着紫薇，没有任何人可以让他离去。

天亮的时候，紫薇终于有了动静，她轻轻蠕动着身子，睫毛颤动着，似乎醒了。

尔康立即扑过去。

"水……水……水……"紫薇轻声地说。

"水！她要喝水！"金琐大叫。

小燕子就跟着大叫：

"她醒了！她要喝水！赶快！水！水！水……"

金琐、明月、彩霞都跑去倒水，同时端了三杯水过来。

尔康接过杯子，兴奋得手都颤抖了：

"给我，我来！"

"你小心她的手，别碰到她的手！"小燕子说。

尔康轻轻地托起紫薇的身子，小心地不去碰到她受伤的
手，低唤着：

"紫薇，我要喂你了，嘴巴张开一点！"

紫薇张开的不是嘴巴，而是眼睛。

尔康的面庞，在紫薇面前晃动，像水雾中的倒影。她再
努力地睁大眼睛，看清楚尔康了。她凝视着他，轻声地喊：

"尔康……"

尔康好激动，紧咬了一下嘴唇，眼眶湿了：

"你醒了！你又认得我了！你真的醒了？"

紫薇唇边漾出一个微笑：

"我……睡了很久吗？"

"是！现在，别说话，先喝水！"

尔康把杯子凑在紫薇唇边，小心翼翼地喂着她，心有余
悸地说：

"慢慢喝，别呛了！慢慢咽下去，不要急……"

大家都小心翼翼地看着。紫薇咽了第一口，接着，又一连喝了好几口，不喝了。

尔康轻轻地放下她的身子。金琐接走了杯子。尔康含泪看着她，唇边涌出笑意：

"现在，我才深深地体会出，小燕子那篇文章，真是写得太好了！人都要喝水，早上要喝水，中午要喝水，晚上要喝水，渴了当然要喝水，不渴还是可以喝水……真是至理名言呀！原来，这一口水，是生命之泉……紫薇，你喝这一口水，我可以快乐得上天了！"

小燕子喜悦地笑着，眼眶湿漉漉。金琐也含笑看着，眼眶也是湿漉漉的。

紫薇困惑地看着大家，仍然衰弱，看到每个人都恍如隔世一样，就困惑地问：

"你们为什么都守着我？我怎么了？"

尔康把她受伤包扎着的双手，小心地捧到棉被外面，再用棉被把她盖好，说："你在鬼门关转了一圈，现在回来了！"说着，就回头看着金琐、明月、彩霞："你们都去吧！这儿有我，大家都两个晚上没睡了，不要再弄得生病！你们先去休息，等会儿再来接我的手！"

"可是……尔康少爷，您也一直没有休息，您不累吗？"金琐看着一脸憔悴的尔康，体贴而怜惜地问。

"她醒了，我怎么还会累呢？"

金琐就屈了屈膝：

"我去给小姐熬一碗粥来，两天两夜没吃东西了！胡太医说，醒了要吃一点清淡的，我去准备！尔康少爷，你也要吃一点东西才好！"

小燕子好欢喜，带泪而笑，嚷着：

"明月、彩霞，你们都去准备吃的，五阿哥在大厅里睡着了，大家都没吃东西，大概都饿了！小邓子、小卓子拜了一夜菩萨，念了一夜经！也给他们弄点吃的！"

"是！"明月、彩霞看看紫薇，快乐地应着，和金琐跑出去了。

小燕子就拍拍尔康的肩："我在外面大厅里，需要我，就叫我！"说着，一溜烟地去了。

房里剩下紫薇和尔康。

紫薇看着尔康，见尔康形容憔悴，好心痛，伸手想去摸他的脸。

"你都有黑眼圈了，怎么弄的？"

紫薇的手一伸，才发现绑了绷带。尔康急忙捧住她的手，颤声地说：

"你要做什么？千万不要动！"

"好想……摸摸你的脸！"紫薇瞅着他，轻声地说。

尔康就把自己的面颊，轻轻地贴在她绑着绷带的手背上，低低地、感恩地说："紫薇，谢谢你回到人间，谢谢你回到我的身边，谢谢你在最危险的时候，没有放弃你的生命！谢谢你听到了我的呼唤！谢谢你没有弃我而去……"就一迭连声地说道："谢谢你！谢谢你！谢谢你！谢谢你……"

紫薇并不知道自己"死里逃生"的经过，却被尔康这样的热情深深撼动了。

"尔康！"她低喊。

尔康抬起热烈的眸子，看着她。

紫薇对他软弱地笑着，说：

"我做了一个梦，梦到你、我、小燕子、五阿哥、尔泰、塞娅、蒙丹、含香、柳青、柳红、金琐……大家都在幽幽谷，含香和蒙丹好亲热地靠在一起，满山满谷都是蝴蝶，我们大家和蝴蝶一起跳舞，好像什么烦恼都没有，大家好快乐好快乐啊！"

尔康眼神一凛，正色地回答：

"我答应你，那不是梦，总有实现的一天！"

紫薇的身子，就一天一天地好了起来。

福伦和福晋，也特别进宫来探视紫薇，带给紫薇好大的惊喜和感动。至于乾隆暂时搁置"布娃娃"的苦衷，福伦也仔细地向永琪和尔康分析过了。两人心里虽然仍然有些不平，但是，看到紫薇逐渐恢复健康，大家的心情，就都好得不得了，简直没有情绪去和任何人生气了。正像尔康说的：

"紫薇死里逃生，我已经对上苍充满了感恩，不敢再怪任何人！只希望，这些灾难，是真的结束了！"

紫薇的身子虽然没事了，但是，那双受伤的手，却有好久都不能拿东西，不能活动。几个太医，轮番来治疗，要金琐和明月、彩霞给她按摩。尔康生怕丫头们重手重脚，坚持自己来做。紫薇每次在按摩的时候，都痛得不得了，但是，看到尔康心疼的眼神，感到他按摩时的小心翼翼，呵护备至，就把疼痛全部忘了。眼里心里，都被尔康的怜惜、体贴所胀满了。看到尔康这样待自己，想到为了晴儿和尔康怄气的事，就深深自责起来。

含香成了大家的恩人，每个人都恨不得为她粉身碎骨，来报答她救紫薇一命的恩惠。虽然在紫薇完全复原以前，大家也没有情绪和精力来顾及蒙丹，但是，蒙丹和含香的这件事，大家更是管定了，义不容辞了。

在每天的按摩和运动下，紫薇的手指逐渐恢复了。痛楚一天天地减轻，终于不再疼痛了。紫薇知道，只有拼命运动手指，才能让它一如从前，就每天勤练弹琴。于是，那一阵，漱芳斋里，琴声叮咚，从断断续续，到如高山流水，一泻千里。

于是，这天，紫薇把尔康按在椅子里，微笑着，深情地说：

"我为你作了一首歌，要唱给你听！"

紫薇坐下，熟练地拂弄琴弦，流畅的音符如水般流泻。

尔康坐在她面前，痴痴地看着她。看到她又神清气爽，脸颊红润，手指又能忙碌地拂过琴弦，他的心，就被幸福满溢了。金琐、小燕子、永琪、含香、明月、彩霞听到这么优美的琴声，都围了过来。

紫薇一面弹琴，一面深深地凝视尔康，眼里，是千丝万缕的柔情，她荡气回肠地唱着：

梦里听到你的低诉，

要为我遮雨露风霜，

梦里听到你的呼唤，

要为我筑爱的官墙，

一句一句，一声一声

诉说着地老和天荒！

梦里看到你的眼光，

闪耀着无尽的期望，

梦里看到你的泪光，

凝聚着无尽的痴狂，

一丝一丝，一缕一缕

诉说着地久和天长！

天苍苍，地茫茫

你是我永恒的阳光！

山无棱，天地合

你是我永久的天堂！

紫薇一曲既终，大家的眼眶都是湿的，但是，人人都带着笑。

尔康好激动，一瞬也不瞬地看着紫薇，忍不住走上前去，握住了紫薇的手，两眼发光地说：

"你完全好了，又能弹琴了！还能唱这么美的歌给我听，我感激上苍，感激所有所有照顾着你的神灵！"

两人深深凝视，无尽的深情，闪耀在两人眼底。

小燕子感动得稀里哗啦，伸手紧紧地握住永琪的手。

含香带泪带笑地看着，好想也握住一个人的手，但是，那个人却不在眼前。

第七章

　　紫薇的伤完全好了，漱芳斋里的人，就个个都"活过来"了。大家像是经过冬眠的昆虫，再也无法安安静静地待在宫里。尤其小燕子，拜了蒙丹做师父，还没学过一天武功呢！虽然永琪和尔康的武功，都不输给蒙丹，但是，教心上人武功，可没那么简单！永琪教成语，已经教得头昏脑涨，实在不敢再教小燕子武功。所以，这天，漱芳斋的人几乎全体出动，看蒙丹给小燕子上课。

　　他们选了一个没人的破院子，院子一角，堆着许多木柴、枯枝和农家工具。紫薇、尔康、永琪、金琐、柳青、柳红、小邓子、小卓子站在墙边，兴致盎然地旁观。

　　小燕子手持一把长剑，一个飞跃，腾空而起，大叫着：

　　"小燕子杀来也！"

　　小燕子喊着，就持剑对着蒙丹劈来。

　　蒙丹轻轻一闪，小燕子劈了一个空。一时收势不及，差点劈到旁观的永琪头上。

永琪慌忙跳开身子，顺势托了她一把。小燕子一个后翻，横剑一扫，正好扫向旁观的柳青、柳红、紫薇、金琐等人的身上。大家叫的叫，躲的躲。

尔康急忙蹿过来，把紫薇拉到身后去：

"当心当心，好不容易病好才出来一趟，不要因为小燕子学功夫，再碰伤了！"

"小燕子！我看你算了吧！"柳青喊，"蒙丹收了你这样的学生，真倒霉！"

小燕子不理众人，又持剑对蒙丹直奔着劈去，嘴里大叫着：

"哇……我又来了！"

蒙丹一伸手，就握住了小燕子的胳臂，把她一摔。小燕子飞了出去，手里的长剑，竟然劈向小邓子。小邓子吓得摔倒在地，就地一滚，小燕子的剑，惊险万状地刺到地上。小邓子抱着头大喊：

"格格饶命！格格饶命！"

"你们还不让开一点！姑奶奶的剑，可不长眼睛啊！"小燕子喊。

柳红急忙对大家说道：

"退后退后，不要死得不明不白！"

"哪有人练剑，练了个不长眼睛的剑，什么人都劈！"金琐抱怨着。

小燕子顾不得大家，又持剑对蒙丹冲去，嚷着：

"哇……我又来了！"

蒙丹忍不住喊：

"你这样用蛮力是没有用的，要把那把剑当成你身体的一部分，舞起来要滴水不漏……你先不要乱砍，我舞给你看！"

蒙丹就舞起剑来，舞得虎虎生风，煞是好看。小燕子看得佩服不已，却在蒙丹舞了一半的时候，再度持剑冲上前去。嘴里大喊：

"师父小心……我又来了……哇……"

蒙丹正舞得密不透风，小燕子忽然杀过去，长剑和长剑一撞，火花一闪，小燕子手中长剑，就脱手飞去，对着小卓子头顶落下。

"救命啊……"小卓子拔脚就跑，竟和刚刚站稳的小邓子撞成一堆，两人又摔成一团，"哎哟！哎哟……"

尔康急忙飞身而起，接下那把剑，站定了，说：

"小燕子，你这样学功夫，等你学成了，这些陪公主练剑的人，全体没命了！"

小燕子往尔康身边一冲，就去抢剑。

"我练得正有劲，你少啰唆，剑还我！"

"要剑？抢抢看！"尔康说。

尔康拿着剑，闪来闪去。小燕子横冲直撞，就是抢不到那把剑。小燕子好泄气，一跺脚说：

"不好玩！我不玩了！你们个个都武功好，就是我笨！没有一个人肯用心教我！只会帮我泄气！师父也是！我不学了！"

小燕子回身就走。蒙丹在后面大喊：

"小燕子！"

小燕子回头。蒙丹的长剑已经直指面门，小燕子大惊，身子一仰，低低地一转，躲过长剑。这一躲，躲得十分漂亮。永琪、尔康、柳青、柳红同时为她喝彩：

"漂亮！"

小燕子听了，好生得意，回头看大家，尔康就把剑掷还给她。她刚刚接了剑，蒙丹一声大喝：

"小心！"

长剑劈来，又直指小燕子面门，小燕子急忙应战，和蒙丹交手。

两人就翻翻滚滚，上上下下，来来往往地过起招来。没有几下，小燕子的剑又脱手飞了。小燕子好懊恼，对蒙丹吼道：

"师父！你一天到晚把我的剑打掉，那我学什么？不学了！不学了！"

"去捡起来，再来过！"蒙丹忍耐地说。

小燕子任性地、耍赖地喊：

"不来了！不来了！"

"再来！"

"不来，就是不来！我不学了！"

蒙丹看着她，拼命在按捺着自己。他重重地呼吸着，眼神里积压着郁怒。看着看着，他的眼睛发直，忽然之间，就无法控制地发作了。他握着长剑，一反身，突然冲向那堆木柴和枯枝，嘴里大叫着，对枯枝劈去。

"哎……我受不了！受不了！哎……"他疯狂般地乱砍乱劈，嘴里大吼大叫，"谁要做你师父？谁要教你舞剑？谁要在这儿浪费时间？谁要待在会宾楼？谁愿意这样一直等等等！这种日子，生不如死！我是废人！我没用……我没用……我没用……"

蒙丹这个突然的爆发，让所有人都呆住了。

小燕子心里一酸，好生后悔，急忙上前去拉他：

"师父，对不起啦，我不是有意的！对不起啦……"

蒙丹的力道好大，小燕子才拉到他的衣服，就被他震得飞跌出去。永琪急忙上前，把小燕子一抱，拖出来，喊：

"现在不要过去！"

蒙丹的剑，把木柴、枯枝，砍得木屑齐飞，非常惊人。他嘴里不断怒吼着：

"什么都不能做！她出不来，我进不去！连见面都见不到！我还不如一只蝴蝶！我算什么？我算什么？这样活着，有什么意思？什么意思……"

他手里的剑砍得太用力了，就深深地嵌进一块大木头里。蒙丹拔剑，一时之间，拔不出来。他大叫一声，把那把剑连同木头，扔得老远。然后，一个怒火攻心，就对着那些柴火墙壁拳打脚踢，一时之间，木棍、木片，满天飞舞。小邓子、小卓子抱着头东躲西躲。尔康护着紫薇，永琪护着小燕子，柳青、柳红护着金琐，大家躲之不迭。蒙丹的汉语已经不够用了，开始用回语哇啦哇啦大叫，叫得声嘶力竭，打得乱棒齐飞，大家看得目瞪口呆。

好不容易，蒙丹发泄完了，整个人扑在墙壁上，几乎虚脱了。

大家鸦雀无声。

安静了片刻，尔康走上前去，伸手握住蒙丹的肩，诚挚地说：

"蒙丹，我告诉你，上个月，我差点失去紫薇。我知道'失去'的滋味，我了解你心里的痛，了解得太深太深了！所以，我们一定不会让你白白等待！我们先回会宾楼去，现在不是吃饭时间，会宾楼很空，我们再去计划一下！怎样？"

大家回到会宾楼，会宾楼还没开始营业，位子都是空的。在墙边的老位子上，大家坐了下来，泡了一壶好茶，大家就开始认真地讨论起来。

"我看我们不要再耽搁了，还是想办法，把那个'大计划'实行吧！"柳红说。

"怎么实行？现在，最大的问题是，含香根本不愿意，也不同意这样做！她不合作，怎么去做呢？"尔康问。

"就算她同意，现在也不能实行大计划！自从宫里出现了布娃娃，整个皇宫都在警戒状态里！每个角落都是重兵把守，现在要出宫，比任何时间都难！"永琪说。

蒙丹眼睛一瞪，失望透了：

"那么，我还是只有一个字可以做——就是'等'？"

"我们不管了，好不好？"小燕子好同情蒙丹，说，"反正是个冒险，早做也是做，晚做也是做，如果做不成功，就是你们教我的那首诗，'横也是死，竖也是死'！我们就拿出决心来，管他的！做了吧！"

"如果'横也是死，竖也是死'就不要做！"柳青不同意，"要做就要有把握！哪有明知是送死还去做的道理？"

"柳青说得对极了！"金琐对柳青的话，深深赞同，"小姐好不容易才死里逃生，你们又要去送死，我觉得简直不可思议！还是计划得清清楚楚再行动吧！"

"你们永远计划不清楚的！一会儿顾虑这个，一会儿顾虑那个！怎么可能计划清楚呢？我赞成小燕子的话，什么都不要顾虑了！"蒙丹说。

"不顾虑是不行的！这件事牵涉的人太多了。你总不愿意这么多的好朋友，都为你们送命吧？如果送了命，你们还是逃不掉，那岂不是太冤了吗？"柳红摇头。

"我觉得最重要的，还是刚刚尔康说的那个问题，"紫薇沉吟地说，"不管我们怎么'计划'，这个计划都要含香合作，她是主角呀！可是，她现在有一大堆的道义责任，还有她对阿拉发过的誓言……她说什么都不肯，那要怎么办？"

蒙丹痛苦地敲着自己的脑袋：

"如果我能见她一面，如果我能跟她当面谈……老天，那道宫墙，把我们隔在两个世界里，我要怎么办呢？怎么办呢？"

尔康下决心地一抬头，说：

"蒙丹，我让你们见一面，怎样？你亲自去说服她！"

蒙丹大震，所有的人都惊看尔康。

"见一面？怎么见？"蒙丹问。

"你混进宫去！"

"行吗？你们愿意帮我？"蒙丹兴奋得几乎不能呼吸了。

"尔康，你有把握吗？"紫薇看尔康，"这也不是一件小事啊！蒙丹这种生面孔，在宫里要不被注意，实在不容易！"

永琪转动眼珠，看着尔康。他们这对情同手足的知己，早就有了最好的默契：

"说不定有个办法！这个月初七，小阿哥满一百天，宫里照例要庆祝，尔康，好像又是你负责？"

尔康重重地点头，神秘地说道：

"对！又是我负责！到时候，戏班子免不了，杂技团也免不了，说不定，还可以预备一点特别的节目，刚好发生了布娃娃事件，我们来个萨满驱鬼舞之类，演员全体戴面具进宫！"

蒙丹整个眼睛都发光了。永琪盯着他：

"不过，你要保证，进去见了一面就出来，不能出状况……"

柳青睁大了眼睛：

"你们太大胆了！万一他们两个，见了面就难舍难分，那要怎么办？如果秘密被发现了，那又要怎么办？"

蒙丹又是兴奋，又是渴望，整个人如大旱之望云霓，急促地说：

"我知道严重性，我保证，见一面就出来！我保证，不给你们大家出问题！"

紫薇看着这样迫切的蒙丹，想着朝思暮想的含香，心里一片同情，就点头说：

"如果能够平安混进去，就可以在节目进行一半的时候，把他们带到漱芳斋去见面。大家都在看表演，一定神不知鬼不觉。"

"我觉得不妥当！太冒险了！有点疯狂！"柳青说。

"哥！不要扫兴了，就让大家发发疯吧，冒冒险吧！他们已经比牛郎织女还惨了！人家牛郎织女一年也见得到一次呀！"柳红感动而兴奋。

"是呀！是呀！"小燕子嚷着，一拍膝盖，"就这么做！我们把蒙丹藏在变魔术的箱子里，运进宫去，怎么样？"

"那倒不必！"尔康转着眼珠，足智多谋地说，"反正没有人认识蒙丹，尽可以大大方方地跟着杂技团或者舞蹈团进去！要设计的，是进去以后的事情！"他看着柳青柳红，拿定主意了："你们两个也来！反正是杂技班子，你们也是演员！你们护送蒙丹进来，再护送他出去！"

蒙丹太兴奋了，整个脸孔，都发光了。他站起身子，对众人一抱拳，激动得一塌糊涂，大声说道：

"不管我和含香的未来如何，这一面对我都太重要了！我愿意用我的生命，我的一切的一切，来换取这一面！为这个粉身碎骨，我也认了！各位的大恩大德，我先谢了！"

大家看到蒙丹这么激动，就同心一力，全部都义无反顾了。

"那么，事不宜迟，我们大家，又该商量大计了！"永琪说。

于是，他们整个下午，讨论又讨论，计划又计划，研究着这个疯狂的见面。

转眼间，到了那个伟大的日子。

皇宫里，大家又集中到戏台前面了。宫里平常没有什么娱乐，只要有喜庆的日子，照例要热热闹闹地闹上一整天。

锣鼓喧天。戏台上，杂技班正在卖力地表演。

戏台下，又是高朋满座。

含香坐在令妃旁边，但是情绪非常紧张，关于这个计划，紫薇和小燕子早已告诉她了。自从得到消息以后，她就食不知味、寝不安眠了。只要一想到蒙丹要冒险进宫，她就心惊胆战。但是，那种渴望，又像火似的烧着她。使她觉得，只要能够见这一面，就是烧成灰烬，也在所不惜！现在，她坐在皇后和太后身边，在众目睽睽下，多少双眼睛看着，而蒙丹……蒙丹就要出场了！她朝思暮想的蒙丹，她魂牵梦萦的蒙丹！她目不转睛地盯着台上，浑身冒着冷汗，整个人像一根绷紧的弦。

小燕子、紫薇也是魂不守舍，情绪紧张地东看西看。尔康和永琪没有入座，穿梭在前台后台，张罗一切。

一段特技表演完了，演员匍匐于地高喊：

"皇上万岁万岁万万岁！老佛爷千岁千岁千千岁！诸位娘娘、阿哥、格格千岁千岁千千岁！"

"好！有赏！"乾隆鼓掌。

便有太监，将赏赐送上台。大家掌声雷动。

音乐骤然一变，节奏强烈。

驱鬼舞开始了！众多戴面具的壮男，一跃上台，手持有响铃的"伏魔棒"，声势惊人地开始跳驱鬼舞。

太后睁大了眼睛，看得聚精会神。

"这个舞蹈，真是萨满法师来跳的吗?"

"好像是! 听说是尔康特别设计的，要把宫里的邪魔驱除!"晴儿说。

皇后看到驱鬼舞，有些不安。令妃看得好稀奇:

"那些戴面具的人，是象征魔鬼吗?"

"其实不是!"晴儿说，"咱们满人的驱鬼舞，和西藏的打鬼舞类似! 那些戴面具的人，都是驱鬼的法师，那些面具，是用来吓鬼的! 法师相信，就是鬼，也有害怕的时候!"

太后有所感触，忧心忡忡地说:

"如果能够把邪魔揪出来，比驱逐还有用!"

皇后听了，竟然打了一个冷战，瞪着台上，不动声色。

鼓声隆隆，音乐骤然加强，蒙丹一跃出场。令妃惊呼:

"瞧! 有个不戴面具的人出来了!"

"那是'天神'，也是'大法师'，代表驱鬼舞中最权威的人!"晴儿说。

蒙丹穿着一身黑色的法衣，张开双手，像一只大大的蝙蝠，他眼神凌厉，身手敏捷。头上戴着奇异的装饰，插着羽毛，以有武功的身段，在台上劲舞。柳青、柳红戴着面具，伴随他的左右，俨然是他的助手。

蒙丹一出场，含香就惊跳着，全身的神经更加紧绷起来，两只眼睛就再也不能从蒙丹脸上移开了。她全神贯注地看着蒙丹，几乎不能呼吸了。

蒙丹的舞步，混合了武功、特技和舞蹈，在众多戴面具的人中，纵横跳跃，手中的伏魔棒上下挥舞，铃声和音乐配合，感觉强烈。他的眼神直逼台下，和含香的眼神相接了。

含香屏息凝神，魂魄都飞到台上去了。

舞者抖动着，伏魔棒抖动着，面具抖动着，无数的手臂抖动着……蒙丹的眼神和含香的眼神，在奇异的音乐下、跳动的响铃中，紧紧地纠缠着。

小燕子和紫薇看得心都快要跳到喉咙口。

乾隆也看得目不转睛。

舞蹈强而有力，节奏强而有力，舞者不时发出呐喊，以增加气势。天神充满了"力"的感觉。这样奇特的舞蹈，把乾隆和众嫔妃都带进一个奇特的境界里，大家全都看得目瞪口呆。

半晌，鼓声乍停，音乐乍止。众舞者全部匍匐于地，山呼万岁。

"好！精彩极了！"乾隆大喊，拼命鼓掌。大家这才爆出如雷的掌声。

掌声中，舞者行礼退席。几十个打扮得花团锦簇的少女，舞着彩蝶出场。

太后等人，才吐出一口长气来。

含香仍然魂不守舍，眼神还是痴痴地看着台上。

这时，紫薇悄悄退席。小燕子走到香妃这桌来，对含香低声说：

"香妃娘娘，紫薇又有点不舒服，先回漱芳斋了。可不可以请你去看一看？你那个仙丹，对她最有用了！"

含香一震，脸色苍白。令妃一听就急了，赶紧说：

"香妃，拜托拜托，你就去一趟吧！"

太后看了含香一眼，看了小燕子一眼，心里不大愉快：

"紫薇那个丫头真是娇贵！看看表演也会不舒服，香妃，你就去看看吧！"

含香急忙起身，语音急促地说：

"是！"

含香站得太急，脚下一个跟跄，差点站不稳。小燕子一把握住含香的胳臂，拉着她就走。大厅门口，尔康和永琪注意着这边，看到含香和小燕子退席，尔康就对福伦急急地说道：

"阿玛！这儿交给您了！我要去安排那些表演完的人，让他们先回去一批！"

"你去忙你的去！分批回去是对的，免得闲杂人等太多！这儿有我！"福伦完全不知情，点头说道。

尔康和永琪，就一溜烟地去了。

台上的表演，还在热闹地进行，紫薇她们的退席，并没有引起任何人的注意，只有皇后，看在眼里，一肚子的怀疑。忍不住对太后低声说道：

"这个漱芳斋实在有些奇怪，表演没完，好像个个人都走了！连五阿哥和尔康也走了！"

太后怔了怔，立即注意起来。脸上，也充满疑惑了。

漱芳斋里，真是热闹极了。

小燕子拉着含香冲进房的时候，蒙丹、紫薇、尔康、永琪、金琐、柳青、柳红已经在门里等候。尔康立刻把房门关上。小邓子、小卓子、小顺子、小桂子、明月、彩霞全在外面把风。

含香一看到蒙丹，整个人就像钉死在地上，站在那儿一动也不动，眼睛死死地看着他。蒙丹也死死地看着她，好像全世界都不存在了，眼中只有彼此。

大家看着他们，个个激动。小燕子着急地喊：

"说话呀！你们快说话呀！时间不多，你们这样你看我，我看你，就把时间看光了！"说着，就把含香推到蒙丹面前去。

含香踉跄了两步，站稳身子，仍然一瞬也不瞬地凝视着蒙丹。蒙丹也是如此。尔康吸了一口气，说：

"这样不行，我们一大堆人杵在这儿，让他们怎么说知心话？"

尔康就拉着蒙丹，推进卧室：

"你们去卧室里面谈，我们在大厅守着！放心，我们已经层层部署了！外面守了好多人。可是，你们只有半盏茶的时间可以谈！千万把握时间，长话短说！记住，如果有意外发生，赶快依照我们商量的办法做！"

尔康把蒙丹推进卧房，小燕子也拉着含香，把她也推进卧房去了。

两个人进房以后，大家就紧张地互视着。柳青、柳红手里，抱着一大堆面具和伏魔棒。柳青急急地说：

"我们每人把面具和伏魔棒拿在手上，万一有个状况，不要临时乱了手脚！"

柳红发着面具伏魔棒，每人都拿了一套。柳红和柳青这还是第一次进宫，本来，应该好好见识一下皇宫的，可是，现在什么心情都没有，大家都明白，把香妃的心上人掩饰进宫，还安排他们见面，这根本是一个"砍头"的游戏。柳红说：

"我好紧张啊！生平没有做过这么刺激的事！大家赶快把尔康写的那个伏魔口诀背一背，不要等到有状况的时候，吓得什么都忘了！"

金琐拍着胸口说：

"我已经忘得差不多了！柳青，赶快再教我一次，那个口诀是怎么念的？到时候，一句都记不起来怎么办？"

尔康看着大家，神色凝重地说：

"真记不起来，就随便念咒！念得煞有介事就好了！"

永琪不放心地对小燕子说：

"那个'伏魔口诀'，你背出来了没有？上次商量的应变方法，你记牢了没有？我看你一副心不在焉的样子，你到底记住没有？"

"有有有！不要老是对我不放心嘛！"小燕子胡乱地点着头，看着里面，"哇！好美啊！他们总算见面了！不知道他们谈些什么？"

"只怕要说的话太多，反而一句都说不出来！"紫薇叹息着，两眼水汪汪。如果易地而处，自己会怎么样？一定什么话都说不出来。

紫薇这样想着，就去看尔康，正好尔康也看过来，两人心念相通，"有情但愿长相聚，岁岁年年无别离"！尔康情不自禁，就伸手握着紫薇的手。

含香和蒙丹进了卧室，好久都没有出来。半盏茶的时间过去了，一盏茶的时间也过去了。随着时间的流逝，大厅里的人，越来越紧张。大家焦急地在房间里走来走去，柳红不安地说：

"他们已经进去好半天了！我们去叫他们吧，这样太危险了，等会儿表演都完了，大家散场还找不到我们，不是很糟糕吗？"

"我去叫他们吧！"金琐说着，就往卧室走。紫薇一拦，说：

"不要不要，再给他们一点时间！他们一定有几千句、几万句话要说！"

永琪看尔康，紧张地问：

"还能耽误吗？他们这样谈下去，很可能谈到明天早上也谈不完！我觉得，到此为止吧！以后有机会，再把蒙丹送进来！"

"可是，好可怜啊！"小燕子说，"再给他们一点点时间好了……"

小燕子话没说完，外面一连串响起小卓子、小邓子、小桂子、小顺子、明月、彩霞……紧张的声音，层层地通报过来：

"老佛爷驾到！皇后娘娘驾到！"

"老佛爷驾到！皇后娘娘驾到！"

"老佛爷吉祥！皇后娘娘吉祥！晴格格吉祥！"

房里的人全部大惊失色。柳红急忙喊：

"面具！面具！"

大家七手八脚，拿着面具，全部冲进卧室。

太后、晴儿、皇后、容嬷嬷和宫女们已经进房。明月、彩霞紧张地跟在后面。

"怎么一个人都没有？"太后四面张望，奇怪地问。

只听到，从卧室里，传来阵阵铃响声、咒语声、吆喝声……彩霞赶紧回答：

"回老佛爷，他们都在卧室里！"

太后心中大疑，男男女女，全体跑进格格的卧室，成何体统？皇后和容嬷嬷彼此交换着眼神，再去看太后。太后就昂首阔步，直接走进卧室。晴儿、皇后、容嬷嬷等人急忙跟随。

大家走进卧室，就被一个场面惊呆了。只见好几个戴着面具的人，正拿着"伏魔棒"在那儿挥舞作法，嘴里念着咒语驱鬼，声势惊人。

尔康、永琪、紫薇、含香、金锁没有戴面具，一脸虔诚肃穆地站在床的两头。

小燕子、柳青、柳红、蒙丹全部戴着面具，忙忙碌碌地对着那张床挥棒摇铃，念念有词地驱鬼。看到太后，也不行礼。柳青、柳红、蒙丹念着伏魔口诀："万神降临，万鬼归一！诸鬼听令，莫再流连！度尔亡魂，早日成仙！人间世界，与尔无缘，为何作祟？有何沉冤？莫再徘徊，莫再流连，去去去去，早日成仙……"念得煞有介事。

小燕子戴着面具，满屋子跳来跳去，"驱鬼"驱得天摇地动。那些文绉绉的口诀，她哪儿记得住，就自我发挥，乱念一气，念着念着，那没有戴牢的面具也掉了下来，她也不要面具了，依旧作她的法，嘴里大声地吆喝着：

"天灵灵，地灵灵！大头鬼、小头鬼、屈死鬼、吊死鬼、饿死鬼、撑死鬼、索命鬼、淹死鬼、气死鬼、胆小鬼、吝啬鬼、报仇鬼……各种鬼怪，去去去！大鬼小鬼布娃娃鬼，真鬼假鬼害人鬼，伏魔棒来也，全体给我现出原形，急急如律令！"

永琪听到小燕子念得稀奇古怪，生怕坏了大事，被她弄得急死了，只好急急地走到太后等人面前，低低说道：

"老佛爷，请不要惊扰他们作法！这个漱芳斋有些不干不净，居然出现布娃娃，让两位格格蒙上不白之冤，紫薇又差点送命，大家心里都有些毛躁！小燕子听说这些跳驱鬼舞的人，真的可以驱鬼，特别请他们来传授几招！把这个漱芳斋的晦气除掉！"

"原来是这样！"太后惊讶地说。

小燕子看到皇后和容嬷嬷也来了，气得不得了，就忘了要保护蒙丹，以为自己真有"驱鬼功夫"，一下子跳到皇后和容嬷嬷面前，"伏魔棒"舞得震天价响。嘴里胡乱地念着自己瞎编的咒语："叽里咕噜那不那鲁咪里马虎稀里呼噜嘛咪嘛咪急急如律令！小燕子在这儿作法，有个不要脸的害人鬼，在别人床垫底下放布娃娃！在我的伏魔棒底下，给我现出原形！叽里咕噜那不那鲁咪里马虎稀里呼噜嘛咪嘛咪急急如律令！"说着，就中气十足地大吼："你给我出来！"

随着这声大叫，小燕子手里的伏魔棒，就一棒挥到容嬷嬷头顶。

容嬷嬷吓了一大跳，惊喊：

"格格！你要做什么？"

小燕子眼睛直直地瞪着容嬷嬷的头顶，中邪似的说：

"看见了！看见了！原来容嬷嬷的头顶有个妖怪！让我看看清楚……哎呀！是个穿红衣服的姑娘，眼睛瞪得大大的，脸色惨白惨白，蹲在你的头上！哎呀，是个满身冤气的屈死鬼，她要找你报仇！来！我帮你除鬼！"

小燕子哗啦一棒，打掉了容嬷嬷的旗头。

"小燕子！不要装神弄鬼了！"皇后厉声喊，"老佛爷来了，你们还这样大呼小叫，也不过来参拜，简直没有规矩！"

晴儿看得津津有味，急忙阻止皇后，轻声细语地说：

"娘娘不要太大声，这个'驱鬼'，宁可信其有，不可信其无！"

太后觉得事有可疑，非常怀疑地看着柳青、柳红和蒙丹。

尔康、永琪、紫薇、金琐生怕小燕子演得过火，露出马脚，大家悄悄地去看小燕子，递眼色，奈何小燕子见到容嬷嬷，就仇人相见，分外眼红，什么都不管了，在那儿全心对付容嬷嬷。大家的眼色她看也没看，含香的苍白她也没注意，拿着那根伏魔棒一直在容嬷嬷头顶挥舞，嘴里自顾自地说着：

"有冤报冤，有仇报仇……红衣鬼，你从哪儿来？报上名来，你叫翠儿！翠儿，翠儿，翠儿……翠儿有什么冤？有什么仇？说来听听……你是坤宁宫的宫女……被容嬷嬷害死，推进后院的井里……"

容嬷嬷浑身一阵战栗，脸色惨变，却仍然维持镇定，傲然地抬头，说：

"还珠格格，不要血口喷人！哪儿有鬼？你听了宫里什么闲话？也拿来吓唬我？我是宫里的老嬷嬷了，我坐得正，行得正，什么妖魔鬼怪都不怕！怪事我早就见多了……"

小燕子一声尖锐的惊呼，打断了容嬷嬷："哎呀！还有一个穿绿衣服的女鬼，正在咬容嬷嬷的肩膀，啃容嬷嬷的骨头，容嬷嬷，你是不是肩膀很痛呀？哎呀，都咬出血了……"伏魔棒一挥，大声一吼："女鬼，你叫什么名字？你的舌头怎么那么长？哎呀……是个吊死鬼！你叫什么名字……五儿……五儿！"

容嬷嬷大震，原来，小燕子说的这两个宫女，都是几年前，在坤宁宫服侍皇后的宫女，确实是投井的投井，上吊的上吊。容嬷嬷天不怕地不怕，却迷信得厉害。对于鬼魂之说，还真怕！现在，在伏魔棒的挥舞下，在一屋子萨满法师的念咒下，显得有些张皇失措了。她颤声喊：

"拿开！拿开！把那个棍子拿开！不要对着我作法……"

小燕子这一下得意了，棍子在容嬷嬷身上打来打去，越叫越高兴：

"冤有头债有主！容嬷嬷什么都不怕！五儿来报冤，翠儿来报仇！所有的冤死鬼，全体来呀！有冤报冤，有仇报仇……"

皇后大怒，急喊：

"小燕子！你还不停止！你是在驱鬼还是在招鬼呀！这样胡说八道，不怕下拔舌地狱吗？"

容嬷嬷觉得自己不能呼吸了，求救地看皇后：

"皇后娘娘，我们走吧！这个还珠格格好像中邪了……"

小燕子对容嬷嬷阴沉沉说道：

"容嬷嬷，今天夜里，五儿和翠儿都要来找你，翠儿说，那口井好冷，五儿说，那条白绫好紧……反正你不怕鬼，你就等着……"

容嬷嬷躲着小燕子：

"不要碰我！不要碰我……我才不怕你……"

小燕子闪到容嬷嬷身后，冷不防地对容嬷嬷的后脑勺吹了一口气，容嬷嬷吓得一个倒退，撞到正在作法的蒙丹身上，她一回头，接触到蒙丹特别恐怖的鬼面和那对寒气森森的眸子，吓得失声尖叫：

"哇……不要碰我，不要碰我……"

容嬷嬷就跌跌冲冲地夺门而逃了。

小燕子的演出，这么失控，尔康和紫薇不断互看，紧张得不得了。永琪拼命咽着口水，眼睛睁得好大。含香吓得面无人色，快要晕倒了。其他的"驱鬼"人，已经不知道如何配合，只得各驱各的鬼，满屋子乱跳，自顾自地念着"伏魔口诀"。这种场面实在突兀而惊人。

太后看得眼花缭乱，莫名其妙。晴儿却看得好有兴趣。

小燕子看到吓走了容嬷嬷，实在得意，伏魔棒更是舞得有声有色，又念起咒来：

"叽里咕噜那不那鲁咪里马虎稀里呼噜嘛咪嘛咪急急如律令！大头鬼、小头鬼、屈死鬼、吊死鬼……"

尔康实在忍不住了，上前打断小燕子："小燕子！驱鬼舞到此为止吧！戏台大概也快散戏了，我们不要耽误他们回家！"就对蒙丹一揖到地："尔康谢谢法师帮忙驱鬼！这就送各位出宫去！"

得到尔康的提示，柳青、柳红赶紧拿掉面具，蒙丹也跟着拿掉了面具，三人对太后跪地请安：

"老佛爷、皇后娘娘千岁千千岁！"

太后对三人定睛一看，看到蒙丹，恍然大悟地说道："原来是那个'天神'啊！"这一下，相信是真的在驱鬼了："你们真的在驱鬼呀？这儿到底有没有不干净？"

蒙丹还没回过神来，柳红机警说道：

"回老佛爷，这个漱芳斋煞气很重，犯小鬼，已经作法驱除了！"

小燕子又插嘴了：

"不只犯小鬼，还犯小人！不论是小人还是小鬼，我都打他一个落花流水！"

皇后疑惑得不得了，盯着大家看，却又看不出什么破绽。

太后就抬头说道："我以为紫薇丫头又不舒服了，特地过来看看，既然是驱鬼，没有不舒服，那我也放心了！皇后，我们走吧！"又看着尔康，正色说道："这个鬼，如果驱完了，闲杂人等，也该离开了！"

"臣遵命！"尔康一抱拳，回头看着蒙丹、柳青、柳红说，"我送各位出去！"

蒙丹就飞快地看了含香一眼，两人对视，眼神里，是肝肠寸断的痛。尔康生怕出事，推了蒙丹一下，蒙丹倏然醒觉，不能再耽搁了，不能害了这些舍命帮自己的人！他咬紧牙关，一甩头，去了。永琪和柳青、柳红也跟着出去了。

太后、皇后、晴儿也一起走了。

含香看到大家都走了，这才虚脱般地倒在床上，顿时泪如雨下。

小燕子和紫薇，一边一个拥着她，不知道怎样才能安慰她。

尔康和永琪，带着柳青、柳红、蒙丹急急地往宫门走去。

蒙丹一步一回头，心碎神伤。柳青、柳红惊魂未定。柳青看看没人注意到他们，就呼出一口大气来，说："这个小燕子，怎么演出完全失常？差点给她坏了大事！那个口诀，她居然一个字也没记住，信口胡编，编得又那么离谱，最后还招起鬼来，把那个老嬷嬷吓得屁滚尿流……"就兴奋地问永琪："那个嬷嬷，就是著名的容嬷嬷了，是不是？"

"是！"永琪忍不住有点得意，"这些老嬷嬷作恶多端，看样子，心里还是害怕的！奇怪的是，她们不怕害人，倒怕有鬼！今天，大概真的被小燕子吓住了！"

"我也给小燕子吓住了！"柳红说，"简直给她搅得头昏脑涨，也不知道是继续念咒好呢，还是看她表演好！下一次，再碰到这种情形，我们得把她安排好，最好给她一个不开口的角色！"

"还有'下一次'吗？我吓得浑身冷汗，下不为例了！"尔康正色说。

"五阿哥，你怎么不把小燕子教教好？她当了这么久的格格，跟大杂院时代的小燕子，还是一模一样！"柳红问。

"怎么没有教？左教一次，右教一次，教得我口都干了，她就是记得乱七八糟！每次，她都说，事关生死，我怎么会开玩笑呢？到时候，她就连生死都忘了！好在，老佛爷对于鬼神，都很敬畏，好像相信了！"永琪说。

"那个皇后，可是一点都不相信！"柳青说。

"她信不信，我们用不着管，吓倒了容嬷嬷，倒也是一个大收获！"

蒙丹一句话都不说，只是不住回头。尔康就推了推他，问：

"怎样？都说好了吗？有没有说服她？"

蒙丹阴郁地摇摇头，忽然说道：

"我想留下来！我要继续去说服她！"

"留下来？什么意思？"永琪大惊。

尔康一把抓住了蒙丹的胳臂，坚定地低声说：

"你不能留下来！这是皇宫，没办法藏住你这个大男人，就算藏住了，你也无计可施！今天，不要再出状况了！回会宾楼去，来日方长，我们再计划！"

"是啊！"永琪急忙说道，"不要第一次见面，就弄得天下大乱！你看，老佛爷说来就来，小燕子没轻没重，我们真是好险才过关！不管怎样，都要克制自己，让我们再从长计议！"

蒙丹万分无奈，他知道今天的进宫，是永琪、尔康他们冒着生命危险来掩护他的，自己绝对不能出事。可是，今日一别，再相见不知何年何日，他茫然回顾，心中一片凄惨。真是不见面时千思万想，见面之后，还是千思万想！

第八章

　　蒙丹进宫，就这样险而又险地闯关成功。但是，含香还是坚持要守住对父亲的承诺，这次见面，带给双方的，只有更深更深的痛楚和追忆。小燕子、永琪、尔康、紫薇这四个年轻人，虽然个个聪明过人、足智多谋，这次，对含香和蒙丹的事，却完全无计可施了。

　　紫薇的手指已经完全康复，在几个太医的调理之下，身体也比以前健康了，脸色红润，精神饱满。尔康看在眼里，真是满心欢喜。

　　这天，乾隆心情良好地到了漱芳斋，看到紫薇完全恢复了，就守着诺言，要和紫薇下棋。小燕子最近，正在跟着紫薇、永琪学下棋，棋力很差，棋瘾很大，看到乾隆和紫薇下棋，就心痒起来。尔康、永琪都恭恭敬敬地站在一边看棋。

　　金琐、明月、彩霞忙忙碌碌地侍候着茶茶水水。

　　紫薇下了一颗子，抬眼看了乾隆一眼：

"皇阿玛！叫吃！"

小燕子看得津津有味，忍不住上前喊："喂喂……喂喂……紫薇，不要走那一步！走这儿，这儿……"一边插嘴，一边用手指到棋盘上去："这儿！听我的没错！"

乾隆抬头一哼：

"哼！小燕子，你知不知道'观棋不语真君子'？"

"观棋不语真君子？反正我不是'君子'，我是'观棋说话假小人'！"

永琪和尔康忍着笑。

小燕子看到乾隆下了一子，又忍不住了，叫：

"皇阿玛，您怎么不走那边？"

"你这个臭棋，少支着儿了！"乾隆说。

小燕子不服气，瞪大了眼睛：

"我是臭棋？皇阿玛！您不要太小看我！您不知道，我现在跟着紫薇学下棋，已经下得很好了！等会儿我跟您下一盘试试，好不好？"

"你要跟朕下一盘？"乾隆笑看小燕子。

"是呀！是呀！紫薇说我下得很好，我还常常赢紫薇呢！紫薇，是不是？"

"是！"紫薇笑着说，就看着乾隆，"她刚刚学会下棋，棋瘾大得很，一天到晚缠着人跟她下棋，上次居然抱着棋盘去找纪师傅，被纪师傅杀得片甲不留！"

"什么'骗了不溜'？"小燕子抗议地说，"我又没有用'骗'的，又没有用'溜'的！就是下到最后，我的黑子就

'光溜溜'，全体不见了！"

乾隆笑了，大家都笑了。

小燕子噘着嘴：

"纪师傅真不够意思，下了两盘就不肯跟我下了！"

尔康忍不住笑着说：

"纪师傅说，天下有三大苦事。一是农夫碰到久旱不雨；二是做官碰到奸臣当道；三是纪师傅碰到还珠格格要下棋……"

尔康一句话没说完，乾隆大笑起来，边笑边骂：

"这个纪晓岚，也太刻薄了！小燕子，别泄气，待会儿朕跟你下！"

小燕子乐得欢呼起来，跳得老高：

"皇阿玛万岁万岁万万岁！"

结果，乾隆可找了一个麻烦。小燕子的棋，下得当然不好，问题是，棋品也不大好。又是悔子，又是赖皮，有时还悔到两三步以前去。乾隆这一生，哪个敢这样没品地跟他下棋？他可在小燕子身上领教到了。

"叫吃！"乾隆落了一子。

小燕子一看不妙，急叫：

"啊……啊……不对不对，我走错了！"

小燕子把乾隆的棋子拿起来，还给乾隆，自己又重走。

"走定了？好，朕要走了！"乾隆又笑又摇头。

小燕子没把握了，赶紧把落好的子又拿了起来。

"我再想想！好……"想定了，换了一个地方，"我走这里！"

"哈哈！"乾隆大笑，"走来走去，走了最臭的一着！叫吃！"指着棋盘："你这一块都给朕吃了！"

小燕子一看，赶紧把自己下的那颗子又拿起来。

"我不走那颗了！我还是走原来的地方！"

"那怎么行？"乾隆说，"你的棋品太坏了！知不知道'举手无悔大丈夫'？"

小燕子握着棋子不放：

"我不是'大丈夫'，我是'举手就悔小女子'！"

紫薇、尔康、永琪摇头的摇头，笑的笑。结果，小燕子大输，输得面红耳赤。把棋盘一拂，棋子落了一地。

"怎么总是我输？不相信！再来一盘！皇阿玛，再来一盘！"

"纪师傅的苦，朕是尝到了！"乾隆大笑起身，"好了！你这个棋，还是找小邓子、小卓子跟你下下算了！"

"他们都不肯跟我下！"小燕子说。

"连他们都不肯跟你下？"乾隆睁大眼睛。

"皇阿玛，再下一盘啦！"小燕子央求道，"就下一盘，您让我九子好了！"

"我让你十八子，你也赢不了！"乾隆看看天色，伸了个懒腰，"哎！紫薇，看到你又能下棋，手指没有留下病根，朕真是欣慰极了！"

"谢皇阿玛关心！"紫薇好感动。

乾隆爱怜地看看紫薇和小燕子，眼睛一瞪：

"听说你们装神弄鬼，把容嬷嬷吓得大病一场！怎么那样放肆？"

"真的呀？"小燕子大乐，"她吓病了呀？怪不得最近皇后不来找我们麻烦了！哈哈！下次容嬷嬷再找我麻烦，我就拿伏魔棒对她作法！"

"你们也淘气得太过分了吧！"乾隆说，想了想，又笑了，"不过，那个容嬷嬷，心肠歹毒，朕正想找个方法治治她！把她吓一吓，也是她罪有应得！俗语说得好，平时不做亏心事，夜半敲门也不惊！"

小燕子太快乐了，满脸都是光彩。

"皇阿玛！您真是太了解了！您真是太好太好了！"说着，又拉着乾隆的袖子，撒起娇来，"如果您肯跟我再下一盘棋，您就是最伟大的爹了！"

"再跟你下一盘？朕没有那么伟大！"乾隆举步向外走，"不下棋了！朕还要去宝月楼坐坐！"

"宝月楼？"小燕子脸上的阳光顿时消失。

房间里每个人的神色都一紧，脸色全部一暗。

其实，乾隆在宝月楼里，并没有做什么让含香为难的事。

御膳房里，最近添了几个回族厨师，专门为含香做回族的伙食。什么羊肉串、烤鹿肉、烤野鸭、羊肚片、回子饽饽、烧鹿筋、杂烩热锅……一样又一样地送到宝月楼来。乾隆每晚，就到宝月楼来和含香一起喝酒，吃回餐。

含香会虔诚地向真主祷告，再和乾隆共饮。

乾隆会静静地看着她，研究她。看着她那美丽的脸庞，一身的异国色彩，闻着满室幽香，尽管心猿意马，也不敢造次。

"你每次祈祷，都祷告些什么？"乾隆问，"为了你的族人吗？"

"是！自从来到宫里，知道已经没有自我了，就天天为回族祈祷！"含香看着乾隆，诚恳地说，"其实，我也常常为皇上祈祷！"

"是吗？你为朕祈祷些什么？"乾隆动容地问。

"祈祷……皇上更加开明，更加幸福，更加得人心！"

乾隆笑了，深深地凝视含香：

"但愿香妃的祈祷灵验！朕只要香妃有笑容，就会更加幸福，别的人心也算了，朕现在最想得到的，就是你的心了！"

含香一听，脸色就立刻阴暗下去。乾隆看到她的脸色，心往下沉。终于，他按捺了自己，忍耐地说：

"算了！最近，宫里的事情特别多，朕心里压着好多大石头，总觉得沉甸甸的，透不过气来！你上次救了紫薇那丫头，朕对你真的非常感激。不想让你不高兴，也不想让紫薇和小燕子失望……说真的，朕还没有碰到过像你这样的难题！朕只想告诉你，朕真的非常非常喜欢你！如果你一定要和朕保持距离，那么，朕就把你当成一个倾诉的物件吧！不管你心里怎样，朕仍然以拥有你为荣！"

这样的告白，让含香更加痛苦了。

乾隆说完，就伸手去握她的手，含香被动地让他握着，可是，眼前像闪电般闪过蒙丹痛楚的眼神。含香浑身一颤，用力地一拍手，站了起来。

"皇上，"含香带泪地说，"我跳舞给你看，好不好？"

含香就跳起舞来，维娜、吉娜赶快奏乐。

乾隆看着舞动的含香，眩惑在她曼妙的舞姿里，沉沦在她那含泪的眸子里。不知道自己是享受还是自虐？是拥有还是失落？他就迷失在自己那矛盾的情绪里，有些痛苦起来。

这种生活，对于含香真是一种折磨。漱芳斋成了她避风的港湾，她经常逃到漱芳斋去，只有在这儿，她不用伪装自己，她可以说出心里的话：

"如果根本没有见到蒙丹，我也认了！再见到他，好像把所有的过去，全部带到了眼前！他那么痛苦，他的感情那么强烈……他的眼睛，一直在我眼前出现，瞪着我，求着我……我没办法呀，没办法摆脱他的眼睛，没办法摆脱他的声音，我真的不知道该怎么办才好！以前，皇上来宝月楼，我还可以敷衍他，现在，连敷衍都做不到！我怎么办呢？"

"所以，这种生活一定要结束！"紫薇同情得不得了，"你现在好像被切割成了两半，一半是皇阿玛的爱妃，一半是蒙丹的心上人，这种生活，再过下去，你会崩溃的！含香，不要再犹豫了，慎重地考虑一下那个'大计划'吧！"

"可是，那个计划也有很多问题，一个都没解决，还要连累你们，我实在心惊胆战！万一皇上大怒，对回部宣战，那我岂不是民族的罪人吗？"

小燕子义愤填膺，拍着胸口说：

"听我说！你不要管那么多，只要去做！船到桥头自然直！我们几个，是'大难不死，逢凶化吉'，每次眼看活不成，最后还是死不掉！所以，你别为我们操心！至于回部啦，民族啦……你就交给你们那个真主阿拉吧！它如果连这点小事都办不好，还能当你们的神吗？"

"小燕子这几句话，可是深得我心，讲得漂亮极了！有理极了！"紫薇笑了。

小燕子被紫薇一夸奖，就飘飘欲仙了，得意地看紫薇：

"是吗？是吗？我也有点道理，是不是？"

"你一直都很有道理！理直气壮！理不直的时候，你也是气壮！"

含香好忧愁。小燕子就伸手一拉她，嚷着说：

"不要烦恼了！天塌下来，让我帮你撑着！一切信任我们就成了！嗯，其实，最近我好开心，紫薇的病好了，蒙丹也顺利混进宫，和你见到面！我还把容嬷嬷吓得半死，皇后也不敢来找我们麻烦了！真开心啊！来，含香，不要烦恼了！我们一定会心想事成的！今晚，让我们先来庆祝一下！"

紫薇立刻说：

"我已经答应皇阿玛，以后滴酒不沾！"

"这种'答应'，也就算了！你哪能滴酒不沾呢？等你洞房花烛夜的时候，总要喝交杯酒吧？"小燕子说。

"怎么拉扯上这个！"紫薇害羞地转开了头。

"不过，我不是想喝酒，今晚，我们来放焰火棒！"

"焰火棒？"

是的，焰火棒！

这晚，小燕子就点燃了好几支焰火棒，在漱芳斋的院子里玩。这个焰火棒，顾名思义，就是点燃之后，可以用手拿着，像焰火般冒出火花的棒子。本来，宫闱重地，是严禁放炮这些事情的。就算有喜庆节日，必须放炮放焰火，也要由专人燃放，小心侍候，以免发生火灾。

小燕子才不管这些忌讳，手持好几支"焰火棒"，在整个院子里飞蹿。忽上忽下，忽高忽低，到处飞舞。好像浑身的活力非要发泄不可，嘴里大叫着："我是闪电，我是流星，我是焰火，我是萤火虫！我会放光，我会发亮……我要飞到天上去！"说着，就飞到屋顶上去了。

院子门口，一个孩子伸了脑袋看进来，小脸上又是好奇，又是羡慕。那个孩子不是别人，正是皇后的独子永璂，十二阿哥。这个十二阿哥，在皇宫里是很寂寞的，皇后为人尖锐严肃，嫔妃们大都不喜欢她，对她敢怒而不敢言，连带对永璂也敬而远之。宫里，虽然阿哥、格格很多，这个十二阿哥，却被所有兄弟姐妹排斥着。

永璂在门口，看到小燕子在玩焰火棒，真是羡慕得不得了，看得津津有味，跃跃欲试，就是不敢进去。

紫薇、尔康、含香、永琪、金琐、明月、彩霞、小邓子、小卓子全在院子里，大家仰头张望在屋顶的小燕子。尔康笑着喊：

"你有没有比较安静的庆祝方法？"

小燕子舞着焰火棒，在屋顶上跳，跳得危危险险的，还要对下面喊话："好看不好看？你们看得到吗？像不像屋顶上有火星在跳舞？我还可以拿着焰火翻斤斗……"就在屋顶上翻起斤斗来。

永琪再也忍不住了，跑进院子，抬头看着，看得目瞪口呆，拍手嚷道：

"好好看啊！小燕子姐姐好厉害！"

大家看到永琪，不由得全部一怔。永琪就诧异地说：

"十二阿哥！你怎么来了？奶娘呢？"

宫里的阿哥、格格，在十二岁以前，都有奶娘照顾，这些奶娘，有的跟着主子一辈子，成为宫里作威作福的嬷嬷。

"我看到有火花，就溜了过来，奶娘不知道我在这儿！"永琪说着，抬头看小燕子，看得目不转睛了。

小燕子几个斤斗一翻，就站不稳了，在屋顶摇摇晃晃。永琪看得心惊胆战，大叫：

"你赶快下来好不好？不要翻斤斗了！看起来好危险！"

"下来！下来！不要胡闹了！到院子里来玩，不要上屋顶！"大家也纷纷喊。

小燕子好脾气地应道：

"是！小燕子来也！"

小燕子就直飞而下，焰火棒闪着火花，跟着她直飞而下。

这时，在御花园里，太后正带着晴儿、宫女们散步，忽然看到屋顶上火星翻滚，接着，火星从天空飞下。太后大惊：

"那是什么？难道是我眼睛花了？怎么有火花在到处乱跳？"

"我也看到了！落到漱芳斋去了！"晴儿说，惊讶极了。

"咱们看看去!"太后带着晴儿就向漱芳斋走。

小燕子等人,完全不知道太后即将来到。小燕子发给每人几支焰火棒,说:"这个焰火棒,可是柳青从宫外给我找来的,好玩得不得了!我们大家来练一个'焰火舞'好不好?过年的时候,可以表演给皇阿玛看!来呀来呀!"她发着发着,发到永琪,不禁一怔:"十二阿哥,你怎么在这儿?你额娘知道你在这儿吗?"

永琪摇摇头,两眼发光,渴望地看着那焰火棒。

小燕子心里,掠过一阵天人交战。哼!皇后的儿子!休想跟咱们一起玩!她眉头才一皱,紫薇已经看穿她的心思了,立刻走过来,看看小燕子,再温柔地看着永琪,笑着说:

"来,小燕子,给十二阿哥一根!不要小气,大家都是一家人!"

小燕子本能地往后一退,但是,永琪整个脸孔都发亮了,简直受宠若惊了。

"我可以一起玩吗?"他怯怯地问。

"你当然可以,为什么不可以呢?"紫薇就看着小燕子说,"永琪才九岁,和我们没有过节儿,也没有仇恨,让他一起玩吧!"

小燕子挑挑眉毛,豪气地一甩头,给了永琪一根,笑着说:

"本姑娘今晚心情太好,紫薇姐姐怎么说,我就怎么做!"

永琪拿着焰火棒,小卓子帮他点燃了,他兴奋得不得了。跟着小燕子,满院子追追跑跑。小燕子像个大孩子,永琪是个小孩子，转眼间，大孩子和小孩子就玩成了一块儿，笑成一团。

尔康看着这样的小燕子和永琪，不胜感动。对永琪说：

"能够这样不记仇，善待十二阿哥，整个皇宫，大概也只有紫薇和小燕子了！她们两个，真有一颗黄金一样的心！"

永琪拼命点头。旁观的含香被引出兴趣来了。

"真的！我们可以练一个'焰火舞'！"

含香说着，拿着几支焰火棒，试着跳舞。含香的舞蹈，本来就训练有素，几个美妙的旋转，裙摆翻飞，灿烂的火花，围绕着她，如花雨般洒下，真是好看极了。小燕子一看，就兴奋地大叫："我也要跳！来呀！紫薇、金琐、明月、彩霞，不要站着不动，全体来跳'焰火舞'！"就跟着含香旋转起来。

"我也忍不住了！跳吧！明月、彩霞，都来呀！"金琐笑着喊。

快乐是有传染性的，金琐一喊，大家全都忍耐不住了。于是，紫薇、金琐、明月、彩霞、含香全体跳起"焰火舞"来。一时之间，但见几个姑娘衣袂翩翩，迎风起舞。焰火缭绕着她们，闪闪烁烁，光环飞舞，灿烂夺目。

尔康、永琪、小邓子、小卓子、永瑆都看呆了。

尔康看得目不转睛，对永琪说：

"五阿哥，我真的不敢相信，在不久以前，我以为紫薇活不下去了，一心只想跟她'共存亡'！可是，此时此刻，我听到她在笑，看到她在跳舞，还看到这么多的光环围绕着她，好像那些焰火，就是'生命力'的闪光，那么灿烂！我太感动了！"

"我也是，我常常想着我们和小燕子认识以前的生活，几乎不相信那时是怎么过的。每天上书房，练功夫，每年最刺激的事就是和皇阿玛去狩猎！现在，天天都是多彩多姿的！就是太刺激了一点！'惊心动魄''胆战心惊'这种成语已经不够用了！"永琪对尔康的话，真是心有戚戚焉。

这时，小燕子奔过来，对永琪、尔康抗议地喊："你们是怎么一回事？这个焰火棒，不动不好玩，一定要动才好玩！你们不要聊天了！大家起劲一点嘛！"小燕子说着，就用焰火去烧永琪的辫子："你再不动，我烧了你的头发！"

"哪有这样顽皮的？"永琪又笑又躲，"你敢！你的头发可比我多，要不要试试看？"他点燃一支焰火棒，拔脚去追她。

小燕子笑着逃走，永琪笑着追赶。

小邓子和小卓子的兴趣都引起来了。

"好像很好玩！"小邓子就去烧小卓子的辫子，"如果辫子着了火，不知道会怎么样？"

谁知，小卓子的辫子，真的烧着了。小卓子大叫："哎哟！我的妈呀！"他把辫子捞到前面，扑灭了火，追着小邓子喊："你烧我！我也要烧你！烧着了你就知道会怎样了。"

小邓子拔脚就逃。小卓子就追，二人笑着追追跑跑。

永瑆看得哈哈大笑，快乐得不得了，跟着大家奔跑。大家不断地换新的焰火棒，玩得不亦乐乎。满院子的人，舞着焰火棒，跳舞的跳舞，追跑的追跑，简直是一个奇景。就在这时，太监的通报骤然传来：

"老佛爷驾到！晴格格到！"

所有的人都吓了一大跳，还来不及反应，太后和晴儿已经走了进来。

小燕子一个刹不住车，就连带焰火棒，直撞到太后身上。太后大叫一声"哎哟"，摔下地。

紫薇、明月、彩霞、小邓子、小卓子……赶紧奔过来，要搀扶太后，彼此又撞得东倒西歪。晴儿和宫女早已扶起太后。

太后仓促站稳，却惊见自己的背心冒烟了。太后大惊，摔着双手。

"火！火！火……"她满院子转，只见到处烟雾腾腾，不知道该往哪儿逃才好。

尔康急忙脱下自己的背心，去扑打太后的衣服。太后惊慌失措，喊：

"救命……救命……火……火……"

小邓子一急，看到院子里有一桶浇花的水，拿起来就对着太后一浇。

太后还没从身上着火的恐惧中苏醒，突然又被淋了一身的水，惊得魂飞魄散。晴儿急忙扑上来，合身抱住太后。太后脚下一滑，连晴儿一起摔倒在地。

场面一团混乱，大家慌得手足无措。

晴儿就拼命扑打太后的衣服，把火苗扑灭了。紫薇和小燕子慌忙扶起她们。晴儿一迭连声喊着："没事了！没事了！

老佛爷不要惊慌，还好衣服穿得厚！"她低头检查："有没有烫着？有没有受伤？"

太后已经面无人色，脸上又是水又是汗，好生狼狈。她又是惊吓，又是生气，簌簌发抖地说：

"这……这……这……是怎么回事？是怎么回事？"

大家也吓得面无人色，早就熄灭了焰火棒。

小邓子、小卓子、明月、彩霞、金琐这才慌忙跪下，喊：

"奴才给老佛爷请安！老佛爷千岁千千岁！"

紫薇、尔康、永琪、小燕子也赶紧请安：

"老佛爷吉祥！"

太后眼睛发直，惊魂未定，看到衣服上又是水又是烟，身子兀自发抖。

"别说'吉祥'了！别说'千岁千千岁'了！没给你们烧死，算我命大！这个漱芳斋，简直跟我犯克！"

太后说完，转身颤巍巍就走。晴儿也惊魂未定，给了尔康等人一个不敢相信的眼光，急忙搀扶着太后，匆匆地去了。

这时，永瑆的奶娘也气急败坏地奔来，拉着永瑆就跑：

"我的小主子，你哪里不好去？居然跑到漱芳斋来！你要害死奴才是不是？"

说着，不由分说地把永瑆拉走了。

漱芳斋的大伙，大家面面相觑，好半天都没人说话。

然后，永琪才对尔康低低说道：

"我就说……刺激吧？时时刻刻，你不知道下面会发生什么事。这一下，我们说不定又要'乐极生悲'了！"

是的，乐极生悲！这"焰火棒"的"后遗症"，马上就发作了。

当晚，太后就对乾隆激动地说：

"皇帝，你马上把那两个格格贬为平民，送出宫去！"

"那怎么行？她们又做错什么了？"乾隆惊问。

"不是做错了什么，是从来没有做对过！"太后大声说。

"到底怎么回事？她们其实有她们的可爱呀！皇额娘试着跟她们多接近一下看看……"

乾隆话没说完，太后就怒冲冲地打断："多接近我就没命了！"她正视乾隆，严重地说："我不管你多么喜欢小燕子和紫薇，我就是不喜欢她们！身为格格，一点格格的样子都没有！在皇宫里面，居然弄些会着火的东西在那儿玩，差点把我烧死！这样没轻没重，怎么能当王妃？虽然她们没有做布娃娃害人，但是，她们花样多得不得了，一会儿在房里驱鬼，吓唬容嬷嬷，一会儿又带着火苗到处跑……我看，她们绝对是这个皇宫里的祸害！"

"火苗？怎么有火苗？"乾隆头痛地问。

"启禀皇上，是焰火棒！"晴儿说。

"焰火棒？她们居然在皇宫里玩焰火棒？一定是小燕子耐不住寂寞，搞出来的新花样！皇额娘别生气，朕一定好好地教训她！"

"教训也没有用！她是教训不好的！我请皇帝来这儿，就是要告诉你一声，我已经决定了！为了永琪好，为了我们子孙的血统，我绝对不能让永琪娶小燕子！皇帝，你不能废掉这两个格格，也得马上取消五阿哥和小燕子的指婚！"

"皇额娘！兹事体大！"

"我不管'体大'还是'体小'，我就是不能容忍小燕子！这样没教养的姑娘，实在配不上永琪！你一直跟我说，她会改好，她会进步！可是，我看，她是越来越糟！疯疯癫癫，没有半点规矩！又是个汉人，怎么可能当王妃？"她正视着乾隆，伤感起来，"我上次对紫薇用了刑，你跟我发了一顿脾气，不知道我这个太后，现在是不是一点说话的分量都没有了？"

乾隆是个很孝顺的皇帝，对太后一直很尊敬。宫中的事，只要太后有意见，乾隆几乎是言听计从的。现在听了这话，就又惊又急，惶恐地说道："皇额娘怎么这样说呢？这样说，朕就罪该万死了！上次，朕也没有发脾气，只是希望宫里没有暴力而已。"他背负着手，绕室徘徊，想到要拆散永琪和小燕子，实在不忍。但是，又不能违背太后的命令，心里真是为难极了。半晌，才站定了，看着太后，婉转地说："皇额娘的意思，朕明白了！但是，永琪和小燕子，彼此都有了感情，现在拆散他们，实在是件很残忍的事！这样吧，我为小燕子向皇额娘求求情，再给她一次机会，看看她能不能改好，能不能进步！我们以三个月为期，如果她还是没有进步，或是再犯一次规，朕就取消指婚！怎样？"

太后看着乾隆，气呼呼地说：

"皇帝亲口说的！君无戏言。就再给她三个月！"

第二天，乾隆在御书房里，召见了永琪和尔康。永琪一听，就大惊失色了。

"皇阿玛！三个月是什么意思？怎么可能用三个月的时间，把一个人转变呢？小燕子的个性，皇阿玛比谁都了解！她是江山易改本性难移。要她不闯祸，实在不容易。何况，老佛爷所谓的'闯祸'，都是她最率真的表现！"

尔康也急忙上前，帮着永琪说话：

"皇上！您一定要跟老佛爷解释，小燕子一点恶意都没有！玩焰火棒完全是因为紫薇复原了，她心里高兴的缘故。烧了老佛爷的衣服，那是一个意外呀！"

"小燕子的'意外'，未免也太多了！朕已经尽力而为了！你们也知道老佛爷，以前德佩格格和兆样的婚事，她不喜欢，朕最后还是依了她！老佛爷是朕的亲娘，朕一定要尊重她的看法！"

"皇阿玛！"永琪急坏了，"这事您一定要为我做主！如果取消指婚，小燕子一定会崩溃，我也会崩溃的！"

"你的心意，我还有不知道的吗？"乾隆无奈地说，"但是，小燕子也实在不争气，怎么还是那个样子？说话颠颠倒倒，做事毛毛躁躁，难道，你就一点办法都没有吗？好在，还有三个月，你就争取这三个月，让小燕子改善，让她赢得老佛爷的心吧！"

"只怕老佛爷已经有了成见，再也不会接受小燕子了！"

"那倒未必！"乾隆深深地看永琪，"事在人为！是不是？"

永琪没辙了，心烦意乱。乾隆也心烦意乱，又转向了尔康，说：

"尔康，你阿玛今天进宫，特地来向朕提出要求，希望让你和紫薇完婚！"

尔康一震，眼睛发光了，充满希望地问：

"皇上答应了吗？"

"朕很想答应，尤其紫薇大病以后，朕觉得宫里处处危机，把她嫁到你家去，说不定可以解除她的危险！可是，老佛爷对你们这两门婚事，都有意见，朕正在极力和老佛爷沟通！暂时，恐怕还不能让你们如愿。"

尔康真是失望透顶，话都说不出来了。

乾隆叹了口气，再说：

"老佛爷早已把小燕子和紫薇看成一体，不能分割！她不喜欢小燕子，也不喜欢紫薇！好在，她还没有因为小燕子和紫薇，迁怒到你们身上，在她心目里，你们是完美的，她们却不够完美！大概，这也是所有长辈的心态吧！她一天到晚，就在动脑筋给你们两个重新指婚！所以，你们两个都小心一点，让紫薇和小燕子提高警觉，在老佛爷面前好好地表现一下，也监督着漱芳斋，不要再做出任何惊人之举来！否则，朕也无能为力了！"

尔康和永琪大震，心乱如麻了。

第九章

尔康和永琪，简直成了"难兄难弟"，两人再也没有料到，自从太后回宫，情况会弄得这么恶劣。他们自己着急还不说，还要顾全紫薇和小燕子的自尊。许多事只能藏在心里，还不敢让她们两个知道。小燕子是个冲动的个性，受不得半点气。紫薇又是个敏感的人，非常容易伤心。所以，两人就彼此警告，要想办法扭转局面，更要防备两个姑娘知道真相。两人真是负担沉重，愁肠百结。

永琪决定还是先给小燕子上课，从改变她的说话开始。三个月！天知道三个月能做什么？尔康无计可施，只能祈祷真情能感动天地。这天，两人来到漱芳斋，永琪把一本《成语大全》往小燕子面前一放，故作轻松地喊：

"来来来！小燕子，好久没有念成语了，我们来复习一下！"

小燕子像弹簧一样地跳了起来，嚷：

"干吗？干吗？我才不要念那个东西！烦死了！学了那个，对我一点好处都没有，我到院子里练剑去，师父教我的剑法，我还没有学会！"

小燕子说着，拿起长剑，往院子就跑。永琪一把拉住了她，赔笑地说：

"不学成语，念唐诗也成！上次那首'春眠不觉晓'总背出来了吧！"

"那有什么难？"小燕子扬着眉毛说，"春眠不觉晓，处处闻啼鸟，夜来风雨声，花落知多少！"

尔康、紫薇、永琪全部鼓掌，给小燕子打气。

小燕子得意起来，开始夸口了：

"背这个其实是很简单的！像唱歌一样！"

"那么，"永琪说，"上次教你的那首'前不见古人，后不见来者'背出来了没？"

小燕子一呆：

"'前不见古人，后不见来者'啊？"

"是呀是呀！就是陈子昂那首诗！"

"陈子昂……陈子昂……"小燕子叽咕着说，"陈子昂这个人很奇怪耶！"

"怎么奇怪？"永琪怔了怔。

"前面看不到人，后面也看不到人，这个地方一定很荒凉，不好玩，他赶快走掉就好了，作什么诗？"

"别发谬论了！再记一遍！"永琪就念，"前不见古人，后不见来者，念天地之悠悠，独怆然而涕下！"

小燕子眼睛一亮，想起来了，就恍然大悟地喊着：

"啊！就是那个'爱哭鬼'啊！我想起来了！'涕下'就是眼泪、鼻涕通通流下来！'来者'指的是未来的人！这个陈子昂是个神经病！脑筋一定有问题，前面看不到'古人'，后面看不到'来者'，他就哭得稀里哗啦，简直莫名其妙！这些作诗的人，都是闲得无聊，才写这些不通的话！我就不懂，谁看得到'古人'？谁看得到'来者'？如果看不到就要哭哭啼啼，那么，不是全世界的人都要大哭特哭了吗？"

大家听了小燕子的大论，不禁面面相觑。尔康笑了，说：

"我不得不承认，小燕子的话，还有几分道理！"

"再说，"小燕子越说越有劲，"那首'春眠不觉晓，处处闻啼鸟，夜来风雨声，花落知多少！'也有问题！"

"怎么也有问题？"紫薇问。

"早上不知道天亮，到处'听到'鸟叫，晚上'听到'下雨，'不知道'花瓣落了多少！你们想想，这个人是不是'瞎子'？他全用听的，不用看！而且，还有点呆，有点麻木！天亮都不知道！白痴！"

大家又傻住了。小燕子就往门外跑，预备出去练剑了。

永琪赶紧把小燕子一拦，委婉地说："不管你有多少理由，这个唐诗，是人人都会的东西，你还是要念！"笑着，求着："就算为我念，好不好？"

"你陪我练剑好不好？"小燕子看着永琪。

"你背一首唐诗，我就陪你练剑！"

小燕子不高兴起来：

"不管是'糖诗'还是'盐诗',我都没有兴趣!那个苦差事,我不要做!"

永琪忍耐地、压抑地说:

"有些事,不是我们'有兴趣'还是'没兴趣'的问题,是我们必须要做的问题!你把它当一种责任吧!"

小燕子瞪着永琪,忽然生气了,跺着脚喊:

"什么'责任'?我为什么会有这个'责任'?你是怎么回事,一直缠着我背诗念成语?你是不是嫌我学问不好,配不上你?我跟你说,我就是背了一大堆成语、唐诗,我还是小燕子,变不成凤凰的!我不喜欢背那些唐诗,念那些成语!如果你一天到晚逼我念那些东西,我会讨厌你的!"

永琪本来情绪就很坏,在那儿拼命按捺。这时,他就再也沉不住气了,声音也大了起来:

"你根本没有为我的处境想!根本就不把我放在心里!你一天到晚就想着怎么玩,怎么疯,好像我的义务就是陪你玩,陪你疯!我这样低声下气,求你稍稍为我改变一些,免得夜长梦多,你就是不跟我合作!只要你心里有我,在乎我,稍微设身处地代我想一想,你就该明白,我是阿哥,我有我的包袱、我的身份和背景!你要走进我的生命、我的家庭,也该为我付出一些吧!如果你心里只有自己,你的爱,未免太自私了!"

永琪这样一吼,小燕子就爆炸了。

"你说些什么,我根本听不懂!反正一句话,你嫌我没学问就对了!我知道你是阿哥,我知道你的身份高,我的身份低！你不用一直提醒我！你是阿哥有什么了不起？我从来没有赖住你，没有招惹你，嫌我，你就休了我！反正又没有结婚！"她越说越气，怒不可遏，"你嫌我！你还敢嫌我……我才嫌你呢！你的'皇额娘'一天到晚想整死我，你的'老佛爷'一天到晚把我关起来，这样的家庭，我根本看不上！我根本不稀罕！"

尔康一个箭步，跳到两人中间，去推永琪，说：

"五阿哥！你怎么了？小燕子的脾气，你最清楚了！你有话好好说，干吗用吼的？已经内忧外患一大堆了，自己还不团结起来？"

紫薇也把小燕子拉到一边去，急急地说：

"怎么了？怎么了？五阿哥要你背诗念成语，完全是为了你好，你不体谅他，还跟他吵架，你不是太过分了吗？想想五阿哥对你的好吧！"

永琪气冲冲地回头叫：

"对她好，她怎么会知道？她根本没有感觉！有感觉她就不是这个样子，有感觉她就会为我想……"

小燕子气坏了，挣开紫薇冲到永琪面前去，大吼："我没感觉，我是白痴！可以了吧？你以为我不难过，是不是？每天弄些我记不住的东西来刁难我……我就是记不住嘛……"说着，一阵委屈，眼泪滴滴答答往下掉："如果跟你在一起，你就要把我变成另外一个人，要我'一张嘴就吐出文章来'，那你就跟吐得出文章的人在一起好了，为什么要找我？我看晴儿跟你配得很，你娶晴儿吧！"

永琪更怒：

"你莫名其妙！"

小燕子跳脚喊：

"你才莫名其妙！你一千个莫名其妙！一万个莫名其妙！"

尔康和紫薇急坏了，拼命拉架。尔康拉着永琪说：

"五阿哥！你在气头上，就少说两句！现在说什么都错！"

紫薇哄着小燕子：

"不要哭，不要哭，你一哭，五阿哥也很难过呀！平常你有个小病小痛，五阿哥都急得不得了，把你弄哭了，他也会跟着痛苦的！"

"他痛苦？"小燕子哭着喊，"他的痛苦就是不知道怎样来摆脱我！"

永琪一听，气得往门外就走，心灰意冷地说：

"算了算了！算是白白认识一场！为这样一个女子付出，我才是白痴！"

小燕子一听，心都碎了，大喊：

"是！你是白痴！你是呆子！你是傻瓜……所以你才会看上我！你走！你走！你再也不要来找我！"

小燕子喊完，把手里的长剑摔在地上，反身冲进卧室里去了。

永琪也一怒出门去，砰然一声摔上房门。

紫薇和尔康对看，两人都是一脸的着急，然后，紫薇追着小燕子进了卧室，尔康也追着永琪而去。

到了景阳宫，尔康就开始数落永琪：

"上次我和紫薇闹别扭，你有一大堆的理由来劝我，说得头头是道！怎么发生在自己身上的时候，就完全乱了！不管你心里多着急，有些话，你实在不该说！"

"什么话我不该说？"永琪甩着袖子，吼着，"我已经压抑好久了，老早就想说了！你看她那个样子，哪里想学功课？上次几句成语，她就有本领念得白字连篇！这次几句唐诗，也不好好背，歪理倒有一大堆！如果她心里有我，她会这样吗？"

"坦白说，我很同情小燕子！我觉得，你冤枉她了！"

"我冤枉她什么？"

"你要小燕子做学问，本来就是强人所难！小燕子的可爱，就在她的纯朴。你喜欢她，也是喜欢她的本来面目。她说得对，如果你要'改造'她，何不干脆另外选一个，那么麻烦干什么？"

永琪一愣，烦躁地说：

"你明明知道，只有我喜欢她是不够的！"

"这一点，对你是压力，对她也是压力！她已经因为老佛爷的不喜欢，充满了愤怒和挫败感！你不但不安慰她，还弄了一堆功课给她做！她刚刚已经很坦白地说了，她就是记不住！你让她在挫败感之外，更加有挫败感！因为，你根本不要'小燕子'，你要一个'大家闺秀'！"

"我哪有这个意思？"

"你表现出来的，就是这个意思！还说什么'为这样一个女子付出，我是白痴！'。你让她怎么想？你明明就在轻视她，就在'后悔'嘛！就嫌她是一个粗俗的、不学无术的女人嘛！你的口气，和老佛爷又有什么不同？"

"我不是这个意思！"永琪急了，"我怎么可能嫌她粗俗，嫌她不学无术？她的天真和无邪，那么珍贵，那么动人，是什么大家闺秀都比不上的！"

"哦？这句话她可没听到！她只听到你对她大吼，你是阿哥！你有你的身份！她应该为了你的身份去当个'出口成章'的准王妃！否则，就是她'没感觉，莫名其妙'！"

"我哪有这个意思？"永琪更急。

"我听起来就是这个意思，不知道她听起来是什么意思。"

永琪满屋子乱绕，心烦意乱，被尔康说得哑口无言。

尔康就建议地、试探地说：

"如果我是你，现在就飞奔到漱芳斋去负荆请罪！"

"什么？"永琪大声说，"负荆请罪？我才不去！就算我有错，她也有错！她为什么不跟我负荆请罪？男子汉大丈夫，哪有那么轻易就去请罪？"

尔康苦笑，一叹：

"咱们虽然是'男子汉大丈夫'，但是，在她们'小女子'面前，实在骄傲不起来！你别弄得像我上次那样，害得紫薇大醉，闯出一堆祸来！最后，后悔心痛的还是我！"

"我才不像你那么没出息！"永琪昂着头。

"好好好！你有出息，我就不劝你了！你别后悔，以我的经验，这种吵架是越拖越糟！"说着，就大大一叹，"平常小燕子多么要强，刚刚哭得稀里哗啦，这会儿，不知道怎么样了。你不去漱芳斋，我去了！"说完，掉头去了。

永琪愤恨未消，气冲冲地看着尔康离去，把自己重重地抛在椅子里。

尔康劝不好永琪，紫薇也劝不好小燕子。两个人这次怄气是怄大了。尽管尔康和紫薇两边劝，两个人谁也不低头。

到了晚上，小燕子见永琪始终不出现，越想越气，气得晚饭也没吃，一直在卧室里走来走去，双手捧着胃，因为，胃又开始作痛了。

夜深了，金琐端着一盘热腾腾的食物，走到小燕子身边，笑着说：

"小燕子！不要生气了，我给你煮了好多你爱吃的东西，还有一碗莲子银耳汤，喝了可以降火！来来来，气坏了自己的身子犯不着！晚饭也没吃，铁定饿了！"

"我什么都不要吃，饿死算了！"小燕子挥着手。

金琐把食盘放在桌上，过去拉她：

"给我这个丫头一点面子，好不好？特地去厨房给你煮的！你看，有你最爱吃的水晶蒸饺、什锦包子、牛髓炒面茶、香酥鸡……快来吃，快来吃！"

小燕子跺着脚，暴跳如雷。

"不吃不吃！"她转头对着紫薇喊，"他有什么了不起？动不动就用阿哥的身份来压我！我倒了十八辈子霉，才会碰到一个阿哥！上次皇阿玛打我一巴掌，我就跟他说过，真的爱我，带我走！把这个阿哥丢掉……他就不要！让我待在皇宫里受苦受难！他居然还要改造我，改造不成，就大发脾气！他算哪根葱哪根蒜？他根本就爱他那个'阿哥'的身份，远远地超过爱我！"

紫薇过去拉着她，拍着她的手说：

"你这样说，就太冤枉五阿哥了！想想他为我们劫狱的事吧！那时候，大家不是都准备集体逃亡了吗？他绝对不是贪图富贵的人，为了你，他也牺牲了很多，自从老佛爷回来之后，他的压力好大，老佛爷毕竟是他的亲祖母呀！他不能不理，是不是？你也要为他的立场想一想呀！"

"他的立场，"小燕子更气，"他只关心他的立场，有没有关心过我的立场？他把我看得那么扁，每一句话都在欺负我……我是那个那个……"想起来了："士可杀不可辱！他要一个看不见古人就哭得稀里哗啦的姑娘，他就去找那个姑娘呀！打死我，我也变不成那种人！"

"他不是要你变成那种姑娘，有那种姑娘，他逃得比谁都快！"紫薇赔笑地说，"其实，他是好欣赏你，好喜欢你的……"

小燕子对紫薇叫道：

"你不要帮他说话！你再帮他说话，我连你也不理！"

"好好好！我不帮他说话！"紫薇急忙说，"他莫名其妙，他不懂感情，不会怜香惜玉！我们不要理他！现在，你先吃东西好不好？"

紫薇端起那碗莲子银耳汤，走过去。

"饿死才犯不着呢！来来来，给我一点面子！"把碗送到小燕子嘴边去，"赶快趁热喝了！"

"不吃！不吃！不吃……"

小燕子大叫，手一甩，哗啦一声，把一碗莲子银耳汤都摔到地上去了。

紫薇和金琐也无可奈何了。

结果，第二天一早，小燕子就"离宫出走"了。

天刚破晓，小燕子穿着一身汉人的平民装束，带着一个小包袱，昂首阔步，抬头挺胸地走到宫门前面。侍卫拦了过来，一看是小燕子，立即行礼。

"还珠格格吉祥！"

"快让开！我要出去！"小燕子盛气凌人地说。

"要出去？"侍卫好为难，犹豫地看着她。

小燕子拍了拍手里的包袱，大声说：

"令妃娘娘要我把一样东西，交给门外的一个人！我东西交了好交差！"

"门外有一个人？什么人？"侍卫伸头向外看。

小燕子立即飞身而起，声势不凡地喝道：

"我有皇上特许，随时可以出宫去！令妃娘娘有事，要我立刻出宫去办！谁要拦着我，就跟我去见皇上！耽误了我的事，包你们吃不了兜着走！快让开！"

小燕子一面喊着，一面踢翻眼前一个侍卫，又踢倒另一个。

变化仓促，两个侍卫还来不及应变，小燕子已经夺门而去了。

小燕子飞跑了一段路，回头看看那座巍峨的皇宫，带着一种壮士断腕的坚决和悲壮，昂着头，毅然决然地说：

"皇宫、五阿哥、皇阿玛、紫薇……我走了！我再也不回来了！"

小燕子就飞奔而去了。

明月一早去侍候小燕子起床，才发现小燕子不见了。棉被叠得整整齐齐，根本没有动过。旗头、旗装、花盆底鞋，全部放在床上。枕头上，还放着一封信。明月大惊，知道情况不妙，拿着信，飞快地来找紫薇，紫薇打开一看，只见信笺上画着一只燕子，飞出宫去。画的下面，写着一行歪七扭八的、斗大的字："前不见古人，后不见来者，眼前不见的，是小燕子！"

紫薇的心，咚地一跳，握着信笺，大喊：

"小邓子！小卓子！"

小邓子、小卓子都急急地跑了进来。

"你们谁看到了小燕子？有没有人看到她？"

小邓子急急地说：

"我刚刚已经去神武门问过了，侍卫说，天还没亮，格格穿着老百姓的衣服，说要帮令妃娘娘办事，谁要拦她，她给谁好看！大家盘问了两句，她就出手打人，趁大家一乱，她冲出门去了！现在，侍卫正要去禀告皇上呢！"

紫薇打了一个冷战，急忙喊：

"小邓子，你赶快去景阳宫，告诉五阿哥！小卓子，你赶快去朝房，告诉福大爷！让他们先去神武门拦住侍卫，千万不要惊动皇阿玛！再来我这里商量对策！"

"喳！"

片刻以后，永琪和尔康气急败坏地冲进门来。永琪一进门就喊：

"她留下什么信？给我看看！"

紫薇把信笺递给永琪，一面问：

"你们有没有拦住侍卫？惊动皇上就不好了，万一给老佛爷知道，小燕子又是一条大罪！最好神不知，鬼不觉，我们马上把她找回来！"

"有有有！"尔康说，"我们已经跟侍卫说好了，他们把格格放走，自己也吓得要命！听说我们会处理，大家都松了一口气！"就伸头去看那张信笺，对永琪跌脚说："唉！我就跟你说，这种事不能拖，你不听！小燕子不是那种被动的、等你慢慢想的人，你还没想通，她就行动了！现在好了吧？要怎么办？"

永琪脸色苍白，握着信笺，痛苦地说：

"什么古人来者？居然去跟'古人''来者'生气！都是这个陈子昂神经病，害死了我！没事作什么诗？"

永琪的口气，俨然是小燕子，把罪名怪到陈子昂身上去了。尔康、紫薇听了，啼笑皆非。尔康就看紫薇：

"你怎么不劝她？怎么会放她走？"

"对不起，我真的疏忽了！"紫薇歉疚地说，"以为她发发脾气，气消了就算了！谁知道她会一走了之！我应该有警觉才对！这次，她是真的伤心了！"她看着永琪，忍不住责备地说："不是我说你，五阿哥，你实在没有顾虑小燕子的感觉。她一向都觉得自己很了不起，从来没有自卑过，你用这些成语诗词，把她所有的自卑感都唤醒了！还对她那么凶！"

永琪又是着急，又是后悔。

"我怎么知道会弄成这样？如果我知道，打死我，我也不会让她念什么成语，背什么诗！"他看看窗外，痛苦得一塌糊涂，"唉！不背就不背嘛！成语不会就算了嘛！要生气，跟我吵架打架都可以，我一定会让她的！怎么一气就走人呢？上次也是这样，骑上马背就跑得无影无踪！这次不知道又去了哪里。"

金琐急急地说：

"你们不要耽误了，赶快去找她吧！我想，她也没有别的地方可去，八成去了会宾楼！她和小姐一样，整个北京城，只认识柳青、柳红，心里有别扭，一定找他们去诉苦，何况，那儿还有她的师父呢！"

"对！先去会宾楼找，一定没错！五阿哥，你再不负荆请罪，事情就闹大了！解铃还须系铃人，我们走吧！"尔康急忙说。

"我跟你们一起去！"紫薇喊。

"你要出去，又很麻烦，今天不是可以出宫的日子！"

"如果我不去，我保证你们就是找到小燕子，她也不会回来！"

"对对对！紫薇，你一定要去，那个小燕子，我拿她一点办法都没有！"永琪连忙说道，求救般地看着紫薇。

"那……就不要耽搁了！赶快，我们还是去求令妃娘娘吧！不要说小燕子跟五阿哥吵架出走了，就说紫薇想去看我额娘!"尔康一面说,一面回头交代,"金琐,你留在宫里,万一皇上或者是老佛爷要找格格,就说去福大人家了!千万不要泄露小燕子出走的事!"

"我知道!我会守在漱芳斋等消息!"

紫薇点头,大家就急急地出门去。

半个时辰以后,大家到了会宾楼。柳青、柳红、蒙丹一听,都惊讶得一塌糊涂。

"小燕子出走了?不见了?怎么会这样?她根本没有来找我们,自从上次表演驱鬼舞到现在,我们还没见到过小燕子!"柳青说。

"你们怎么知道她是出走了?小燕子喜欢开玩笑,说不定躲在什么地方跟你们玩,宫里是不是都找过了呢?"柳红问。

永琪气急败坏,伸手就抓住柳青胸前的衣服,激动地嚷:

"柳青!我们是生死与共的朋友,你不要为了帮小燕子,就欺骗我们!我知道她没有别的地方可去,她一定是来找你们了!就像上次紫薇出走,也是找你们一样!快告诉我,你们把她藏到哪里去了?你们这样不是帮她,是害她!"

柳青用力一挣,挣开了永琪,认真地说:

"我没有骗你们,她真的没有来!不信,你们问蒙丹!"

"她真的没有来!"蒙丹坦率地看着大家,诚挚而担忧地说,"她失踪多久了?大家赶快想一想,她可能去了哪里?分头去找吧!"

紫薇看着柳青、柳红和蒙丹,相信了,焦急地转向永琪:

"我想,小燕子这次是吃了秤砣铁了心,她不要我们找到她！她知道我们一定会来会宾楼，所以，她根本不来这儿，连柳青、柳红和师父，她都不要了！"

"这一下，情况真的不妙！"尔康急促地说，"她会一点功夫，也有谋生的能力，以前的生活方式，她还津津乐道。现在，她说不定已经离开了北京，天南地北，流浪去了！"

永琪跌脚，脸色惨白，眼神阴郁，焦灼地说："她那一点'功夫'，怎么算是'功夫'？每次打架，如果没有人护着她，她是一定吃亏的！她又不知天高地厚，总以为自己功夫好得不得了，常常惹是生非，这样单独一个人去流浪，会发生什么事，根本不能预料！"他用手支着额头，痛苦得不得了："我怎么会让这件事发生呢？为什么要苛求她呢？"

大家看着永琪，又是同情，又是着急。尔康走上前去，握了握他的肩：

"不要急，我们人多，马上分散开来，先把整个北京城找一遍再说！"

"对！我们一条街一条街地找！紫薇和尔康一组，我们每个人单独一组，这样，有五路人马，一个时辰以内，就可以把北京跑遍了！"柳青积极地说。

"那么，我们画张地图，大家分头行动吧！一个时辰以后，大家还在会宾楼聚齐！"柳红更加积极。

尔康马上磨墨，拿纸，提笔画地图。

永琪、尔康他们，开始满街找寻小燕子，他们谁也没料到小燕子的去向和遭遇。

原来，小燕子离开皇宫以后，自己也不知道该到哪儿去。

背着包袱，在熙来攘往的人群中漫无目地走着。心里还在愤愤不平，一夜没睡使她有些脑筋不清楚。但是，有一点，她是肯定的，她不要去会宾楼！

"紫薇和尔康一定会到会宾楼去找我，我绝对不能被他们找到！我要彻底失踪，让他们谁也找不到我！我再也不要回去了，我再也不做'还珠格格'了。从今天起，我恢复本来的我，我是小燕子，和还珠格格一点关系也没有！我要去找工作，要去过自己的生活，可是，我要去哪里呢？"

小燕子东张西望，感觉到前所未有的孤独和失落。她停在一个像是茶馆的门口，看到很多人走进去。

她抬头一看，看到一块横匾，上面写着"翰轩棋社"。这"翰轩"两个字，她一个也不认识，歪着头看了半天。

"这是两个什么怪字？'干车棋社'？好奇怪的名字！大概是'赶车棋社'！这个'赶车'跟'下棋'有什么关系呢？"她狐疑地想着，突然眼睛一亮，"下棋？棋社？原来很多人在这儿下棋？反正我也没地方去，看看去！"

小燕子就走进了棋社。发现里面摆着很多桌子，很多棋客正在下棋喝茶。

小燕子看到这么多人在下棋，就忘了自己的烦恼，兴趣全来了，忍不住走近一桌，去看棋。

整个棋社中，一个女人也没有，小燕子的出现，就引起了棋社老板的注意，也引起其他棋客的窃窃私语。小燕子才不管别人注意不注意，看着那桌棋，看得津津有味。下棋的是两个老头。下得很专心，小燕子看得也很专心，抓耳挠腮。

一个老头走了一步棋，小燕子忍不住叫了起来："喂喂……不要走那里，走这里，这里！"伸手去指，指到棋盘上去了。

两个老头都惊奇地抬头看小燕子。

"怎么来了一个姑娘家？"老头就对小燕子皱皱眉头，"不要说话！"

两个老头继续下，小燕子又忍不住喊了起来："错了！错了，应该先管上面那块棋！该走这里！这里！"又指到棋盘上。

那个老头脸孔一板，严肃地说：

"观棋不语……"

"我知道观棋不语是'真君子'，我就是做不到！"小燕子打断了他。

这时，一个四十来岁、眼神凌厉的男子，走了过来，手里玩着一把折扇，上上下下打量小燕子：

"这位姑娘，你是谁？我是这家棋社的老板，我姓杜！请问，你到我们棋社来干什么？这儿不招待女客！"

"不招待女客？"小燕子挑起眉毛，"哪有这个道理？你们棋社开着大门，不是随便谁都可以进来下棋吗？"

"是！"

"那我是进来下棋的！怎么可以不招待？"

杜老板又惊又好笑：

"你来下棋？你知不知道下棋要付茶钱、棋钱？你有钱吗？"

"多少钱一杯茶?"

"一吊钱。"

"多少钱一盘棋?"

"也是一吊钱。"

小燕子掏出一块碎银子,"啪"的一声往桌上一放:

"这块碎银子,总有好几吊钱了吧? 够不够付茶钱棋钱?"

小燕子出手豪阔,杜老板一惊,慌忙正视她:

"够够够! 那你要跟谁下棋?"

小燕子东张西望,再望向杜老板。

"我就跟你下!"

"跟我下?"杜老板暗笑,"我的棋艺太好,你还是选别人吧!"指着一个其貌不扬的小孩子:"那是我的徒弟,你跟他下吧!"

小燕子大怒,觉得简直被侮辱了,大声说:

"我就要跟你下!"

"跟我下要赌彩! 我不下没彩的棋!"

"赌彩? 好啊!"小燕子叫,"好久没有痛痛快快地赌一场了! 赌就赌! 怎么赌?"

杜老板眼中闪着阴鸷的光,很有兴味地看着小燕子:

"当然是你赢了我输钱给你! 我赢了你要输钱给我!"

"赌多少?"

杜老板掂掂手里的银锭子:

"就赌你这块碎银子!"

"好!"小燕子豪气地一甩头。

杜老板就喊道：

"小二！泡壶好茶来！"手一伸，"姑娘，请！"

小燕子昂着头，很神气地走了进去。两人落座，许多人都围过来旁观，大家议论纷纷，啧啧称奇。茶水上桌，杜老板谦虚地拿了黑子。

两人开始下棋。几颗子以后，杜老板已经暗笑了。

"姑娘怎么称呼？"

"小燕子！"小燕子头也不抬地说，发现自己的棋下错了，"唉唉唉……你怎么设了一个陷阱给我？我不走这颗了……"想把自己的棋子拿起来："我要重走！"

杜老板手中的折扇迅速地伸过去一挡，小燕子好像触电一样，赶紧把手收回。

杜老板皮笑肉不笑地说：

"赌彩的棋，是举手无悔的！"

小燕子奇怪地看看杜老板。心想，这个人有点古怪，天气这么冷，手里拿一把折扇，打到皮肤上好痛，难道他还会功夫不成？

小燕子没时间研究了，注意力被棋吸引了。原来，杜老板已经轻轻松松地吃掉她好大的一块棋。小燕子叫了起来：

"哎哎哎……你怎么趁我不注意，把我这块棋全都吃了，这样，就不好玩了！"

杜老板一笑："承让了！这棋……你是中盘败了！"

"我输了？"小燕子看看几乎片甲不留的棋盘，输得冒汗，"来来来！我们再来一盘！"

"再来一盘？彩金先放着！"

小燕子从包袱里摸出一个银锭子，又是"啪"的一声放在桌上，不服气地说：

"杜老板好棋力！连赢我三盘，这个银锭子输给你！"

"好！"杜老板更有兴味了，说道，"三盘里，只要姑娘赢一盘，我输你一锭银锭子！"也掏出一个银锭子，放在桌上。

"一言为定！"

围观的人，见所未见，都"啊"地惊呼出声，更是议论纷纷。

小燕子和杜老板又下起棋来。没有几步，小燕子又输了。她哪能服气，再下，又输了，输得脸红脖子粗。跟着下第三盘，转眼就一败涂地。

杜老板一抱拳，"姑娘，承让了！"说着，就把银锭子纳入怀中。

"再来再来！"小燕子直冒汗，输得把背心也脱了，再拿出一锭银子。

两人继续下，小燕子输了一盘又一盘。

"姑娘！承让了！"杜老板大笑，又把银锭子纳入怀中。

小燕子已经输得毛焦火辣。越输越不服气，嚷道：

"来来来！再来一盘！我们赌大一点……"

"对不起，不能奉陪了！"杜老板从容地起身。

小燕子一拦。

"那怎么成？赢了就跑？再来再来！"

"再来？赌多大？"杜老板问。

"一锭银子一盘，怎么样？"

小燕子一面喊着，一面伸手去拿包袱，谁知竟然拿了一个空。她大惊，站起身子一看，自己的包袱早已不翼而飞。小燕子大叫：

"我的包袱呢？谁拿了我的包袱？"

围观众人面面相觑，个个摇头。杜老板不慌不忙地说：

"包袱丢了？你怎么不小心一点？这个公共场合，就是要注意自己的财物！你看，咱们墙上还贴着警告：'小心扒手'！"

小燕子输棋已经输得火大，现在包袱也丢了，气更往脑子里冲，对杜老板一凶：

"东西在你店里丢的，你要负责！你这是什么店？黑店吗？我看你就有问题，赶快把我的包袱交出来！"

杜老板立刻翻脸了，"砰"的一声，拍着桌子跳起来，大骂：

"姑娘嘴里干净一点！这北京城，还没有人敢说我杜大爷开黑店！你是哪儿来的丫头？你不打听打听我是谁？居然敢在太岁头上动土！识相一点，回家再去拿钱，拿了钱再来赌！"

杜老板一面说着，手里折扇一挑，就把小燕子放在桌面上的背心挑到她脸上，好巧不巧蒙住了她的脸。杜老板就中气十足地大喊：

"小二！送客！"

小燕子哪里受过这样的气，何况，自己也正一肚子气没地方出，顿时发作了。她一把拉下脸上的背心，嘴里"哇"的一声大叫，一脚就踢翻了面前的桌子。

茶壶飞了出去，茶杯落地打碎，棋子像雨点般散落。

大家惊叫着，闪的闪，躲的躲。

小燕子一不做二不休，一脚又踹翻了另一桌。

"你这家贼店，敢偷姑奶奶的东西，简直不要命了！你才没有打听打听，我小燕子是谁？"她一边嚷嚷，一边踹桌子，一时之间，棋盘棋子，茶壶茶杯，杯杯盘盘，全部翻的翻，倒的倒。

杜老板大怒，挥着折扇就飞蹿过来抓她。小燕子喊：

"原来会武功！会武功就欺负人，简直不要脸！来抓我呀！来抓我呀！"

小燕子嘴里喊着，开始在整个棋社里飞蹿，所到之处，把所有桌椅，全部踢翻。

客人奔的奔，逃的逃，有的被茶水烫到，哎哟叫不停，有的撞成一堆，跌倒在地。整个棋社，天翻地覆。杜老板气得鼻子里冒烟，飞扑过来，和小燕子大打出手。

这时，早有几个打手，围了过来。小燕子和杜老板一交手，才知道自己不是对手，但是，已经豁出去了，势如拼命，乱打一气。杜老板手里的折扇，打上了她的肩，她感到一阵剧痛，大叫"哎哟"。心想："打不过了！好女不吃眼前亏，七十二计，逃为上计！"

小燕子对着门外蹿去，谁知，几个打手一拦，她好像撞在铜墙铁壁上，跌倒在地。她跳起身子，还想再跑。

　　杜老板的折扇，如影随形，对着她的头顶一敲。小燕子眼前一黑，就晕过去了。

第十章

一桶冰冷的水，对着小燕子当头淋下。

小燕子惊醒过来。她睁眼一看，杜老板阴森森地站在面前。还有一个满脸横肉的老板娘，正不怀好意地看着她。她想跳起身，才发现自己被绑得结结实实，丢在墙角，动也动不了。她四面一看，这是一间厨房，有着大大的灶和锅，房里还有几个工人，在烧火洗菜做着工作，却对她视而不见，似乎对这种情况，早已司空见惯。

小燕子挣扎了一下，挣扎不开，立即破口大骂：

"什么东西，居然敢绑我？你们通通不要命了！你们知道我是谁？"

杜老板慢条斯理地回答："我们知道，你说过了，你是小燕子！"

"我告诉你，我小燕子是……"小燕子本想把"还珠格格"的身份抬出来，才开口就咽住了，心想："我这么丢脸，包袱给人偷了，钱也输掉了，还被人绑在厨房里，千万不能让人知道我是还珠格格！"她想着，转动眼珠，苦思脱身之计："杜老板！你把我绑在这里，准备要怎么办？送官府吗？"

"小事一件，何必麻烦官府呢？你砸了我的店，吓坏了我的客人，破坏了我的生意，我现在要在你身上讨回来！"

那个老板娘就用油腻腻的手，去摸小燕子的脸庞，说："我说，这张脸蛋长得还不错，我们把她卖到妓院去，大概可以卖几个钱，贴补我们的损失！叫小二把'杏花楼'的张老板请来吧！"说着，她的那个手，就摸到小燕子嘴巴旁边来了，小燕子哪里和她客气，张开嘴，一口就咬住她的手。

老板娘大惊，甩着手大跳特跳。

"这个臭丫头！"她一脚踹在小燕子的胸口。

小燕子痛得"哎哟哎哟"叫。

杜老板阴沉沉地看着她，很感兴趣的样子：

"我劝你省省力气，不要撒泼了！免得皮肉受苦！"

小燕子吸了口气：

"杜老板，你这样绑着我，一点好处都没有，卖到妓院，是给你自己找麻烦！你想，我怎么会听话呢？到时候，我把妓院也打得落花流水，我就说，是你派我去砸掉那个什么楼！那么，你跟妓院的这笔账，就算不清了！"

"嗯，说得也是！那么，你有什么提议？"杜老板瞪着她。

"你放了我，我回家去拿银子，该赔你多少钱，我赔你就是了！"

"你家住在哪里？哪条街？哪条巷？"

小燕子愣住了，总不能把"皇宫"说出来吧！

"我住的地方，不能跟你说，会吓死你！"

"哦？你吓吓看！"

"我……我不要说！"

"我就知道，你说不出来了。"杜老板得意地说，"我看，你身上带着银子衣裳，又说不出住在哪里，还会两下工夫……唔，八成是偷了哪个大户人家，逃出来的小贼吧？"

小燕子心里飞快地转着念头，怎么办？要不要说出会宾楼，让柳青、柳红来救？想着，就神态一凛。不行！太没骨气了！绝对不说！她傲然地一抬头：

"你不要研究我是什么来历了，说了你也不信！我警告你，如果再不放我，会有很多人来找我，那时候，你会倒大霉！你会被砍头！灭九族！五马分尸！"

"哦？那么厉害？偏偏我不怕！让他们来找我吧！"

小燕子没辙了，想了一想："这样吧！不过是砸了你们的店，该赔多少，我来帮你们做工，好不好？"她看着杜老板，低声下气地说："你猜得差不多，我没爹没娘，在一个大户人家当丫头，主人一直欺负我，我只好逃跑了！我会做很多事，洗碗，烧菜，劈柴，挑水……都可以！反正我也没地方去，我做工还钱，怎么样？"

杜老板还没回答，老板娘开了口：

"不行！我才不要这样的丫头！我看她一股骚样儿，留下来一定是个祸害！"

杜老板却兴味盎然地盯着小燕子：

"只怕我一放你，你就开始撒泼！"

"不会不会，"小燕子拼命摇头，"你的功夫比我强，我上一次当，学一次乖！不敢了！你又会武功，又会下棋，我佩服都来不及了！在你的店里做工也不错，还可以跟你学下棋，学武功……我就留在你的棋社帮忙吧，倒茶倒水，招待客人，做小丫头，什么都行！"

杜老板看到小燕子说得可怜兮兮，长得明眸皓齿，就心动起来，料想她也翻不出手掌心，就点点头说道：

"我放开你！如果你再敢动手，我就毙了你！把你丢到乱葬岗去！"

小燕子拼命点头。

杜老板就拿了一把尖刀，挑断了小燕子身上的绳子。

小燕子伸伸手脚，哼哼唧唧地站了起来，说：

"好了，我可以做工了，现在，我该做什么？"

"去灶前面烧火！"老板娘命令着。

"是！"

小燕子顺从地应了一声，看看屋角堆的柴火，就走过去，抱了一堆，走到大灶的前面，去一根根地放进灶炉。

老板娘虎视眈眈地看着她做，杜老板皮笑肉不笑地，也看着她做。

小燕子一副逆来顺受的样子，一根根柴火往灶炉里放。火越烧越旺了。

忽然之间，小燕子抽出一根烧着的柴火，对着杜老板的脸孔一戳。杜老板一闪身避开，小燕子就飞快地夺门而逃。

这次，出手的是老板娘，又快又狠，对着她后脑勺一拳，小燕子又倒了。

尔康、永琪、紫薇、柳青、柳红、蒙丹已经找过各条街道，把小燕子的样子形容给路人看，探访各家餐馆、小吃馆、茶馆、旅社……永琪甚至从"翰轩棋社"门口走过，却压根儿没想到，小燕子会陷在这家棋社里。

转眼，天黑了，大家一点眉目都没有。全部集合在会宾楼的客房里。

永琪急得五内烦躁："怎么办？怎么办？天都黑了！她一个姑娘家，孤单单的一个人，会到哪里去呢？我真的要急死了！"掉头又往门口跑："我再去找！"

柳青把他一把拉了回来，说：

"你不要太激动好不好？这样瞎找，一点用也没有！我认识小燕子好多年了，她这个人命大得很！我想，她不会有任何问题！但是，她的脾气犟，如果她安心不当这个格格了，也不要我们找到她，她说不定已经跑到好远好远的地方去了！"

"这就是我最害怕的事！"紫薇说。

永琪"砰"的一声，一拳捶在桌子上，又急又伤心地说：

"她怎么会这样？就算跟我发脾气，她也该想想紫薇，想想尔康，想想我们这一大群人，这么多好朋友，发现她丢了，大家会多么着急！还有，她走了，我们怎么面对皇阿玛？怎么面对老佛爷？宫里追究起来，不是人人要遭殃吗？她什么都不管，就这样走得无影无踪，未免太任性太无情了！"

"不管怎么样，大家先吃一点东西！我去叫厨房做点饭菜，送到房里来吃！跑了一整天，都是又累又饿！不要再把自己折腾病了，尤其紫薇，大病刚好！"柳红说。

尔康赶紧看看紫薇，怜惜地握住她的手。

"紫薇，你还好吧！真不该让你跟着我们跑！"

"我没事，只是好担心小燕子！"紫薇就有些伤心起来，"她连我这个妹妹都不要了，还说什么有福同享，有难同当？找到了她，我一定跟她算账！"

蒙丹忍不住说：

"她会不会已经回去了？大家忙着找人，也没有回去看一看！我想，小燕子是个很热情，又很讲义气的人，出走是气头上的事，气消了可能就会想明白，知道这一走事态严重，说不定就悄悄地回去了！"

永琪就猛地跳了起来，嚷着说：

"蒙丹说得对！那……我们赶快回去！"

"也不急在这一刻，好歹吃点东西再走！"柳红说。

"算了算了！他这个样子，怎么吃得下东西呢？我有经验，还是回去再说吧！"

尔康说，看了紫薇一眼，想起上次的吵架，还余悸犹存。"而且，已经出来一天了！还不知道宫里面发现没有，那几个侍卫会不会说出去。"

大家越想越担心，决定马上回宫，看看宫里的状况再说。大家就急急地往外走，尔康到了门口，又再三叮嘱柳青、柳红和蒙丹：

"你们一定要注意，小燕子也很可能走了半天，没有地方去，然后再来找你们！如果她来了，你们一定要留住她，不要让她再跑走！我明天会来这儿，传达彼此的消息！"

"知道了！明天一早，柳青和蒙丹继续去找，我留守在会宾楼！"柳红应着。

于是，大家回到了漱芳斋。

金琐看到大家，就急忙迎上前来，着急地问：

"找到没有？找到没有？"

金琐这样一问，尔康、永琪、紫薇全部脸色一沉。

"这么说，她根本没有回来？"永琪失望地问。

"没有呀！晚饭以后，令妃娘娘还过来了一趟，问小姐去福大人家回来没有？我只好说没回来，也不敢露一点口风！"金琐说。

"那么，宫里还没有发现小燕子失踪了？那些侍卫没说？老佛爷那边有没有什么动静？皇后娘娘那儿呢？"紫薇问。

"还好，什么动静都没有。我一直守在漱芳斋，照你们交代的应变。你们怎么去了那么久，我紧张得一直冒冷汗！"

"已经把北京城都找遍了，什么线索都没有！"尔康沮丧地说。

正说着，含香匆匆赶来，关心地问：

"怎么会发生这种事情呢？五阿哥，你真的跟她吵架了？怎么不让让她呢？"

永琪脸色灰白，乏力地跌坐在一把椅子里，痛苦地用手支住额头，呻吟着说：

"如果时间能够倒流，我一定让她！陪她去练剑，陪她下棋，陪她做一切她要做的事！我怎么知道她会气得离开我……她太过分了！"

紫薇叹了一口长气，疲倦地坐下来。

尔康就对明月、彩霞说道：

"你们赶快去厨房，弄一点吃的东西来，大家累了一天，连好好的一餐饭都没吃！先吃点东西，有了力气，才能想出办法！"

"是！"明月、彩霞赶紧去弄吃的东西。

含香见个个人都痛苦而沮丧，急忙安慰大家：

"你们先不要慌，我打赌，小燕子会回来的！她绝对舍不得离开你们大家的！你们想想看，她最爱热闹，最怕寂寞！要她没有你们，单独过日子，她可能一天都活不了！所以，我想，明天她一定会回来！我们要担心的，就是怎么瞒住宫里的各路人马！"

尔康深深点头，提起精神，对大家说：

"含香说得对！我们赶快再研究一下，如果皇阿玛找人怎么说？老佛爷找人怎么说？皇后娘娘不会找人，但是，她是最可能得到消息，故意来揭穿我们的人，不能不防！"

永琪皱紧了眉头，痛苦得快要死掉，说：

"老佛爷给我三个月，现在只是第一天，小燕子不但没改，干脆失踪了！如果老佛爷知道她出宫去，整夜都没回来，那就什么希望都没有了！"

"什么叫'老佛爷给你三个月'？三个月怎样？"紫薇大惊，睁大眼睛问。

尔康叹了口气，知道瞒不住紫薇了，就对紫薇说道：

"老佛爷限期三个月，要小燕子脱胎换骨，改掉所有的毛病，否则，就要取消指婚！所以，五阿哥才那么气急败坏，要教小燕子功课！"

紫薇睁大了眼睛，这才明白了。

永琪走到窗前，痴痴地看着窗外，喃喃地说："我大概永远失去小燕子了！如果以后的生活里再也没有她，我要怎么过？"他的脑袋抵着窗棂，绝望地说："哪里有这么任性的人，哪里有这么不了解感情的人，哪里有这么狠心的人……居然用这种方式惩罚我！"说着，就对着窗外大叫："小燕子……你给我回来！"

尔康和紫薇跳起来，奔过去。尔康急喊：

"嘘……嘘！你干吗？干吗？"

"五阿哥！冷静一点，不要发疯呀！你要叫得尽人皆知吗？"紫薇嚷。

正在这时，外面传来小邓子、小卓子的急呼：

"皇上驾到！"

大家一阵慌乱，急得你看我，我看你。尔康就在永琪肩上重重地一拍。

乾隆已经大步而入，声到人到：

"谁在叫小燕子？朕也在找她，快把棋盘拿出来，朕今晚兴致好，教教她怎么下棋……"

一屋子的人赶快请安。说"皇阿玛吉祥，皇上吉祥"等。只有永琪，还陷在自己那激动的情绪中，又被乾隆的突然出现，搅得心慌意乱，连请安都忘了。

含香急忙上前，行回族礼：

"皇上！"

乾隆看到含香，一怔，立即高兴地说：

"原来你在这儿串门子！朕刚刚赐了烤鹿肉、烤羊肉给你加菜，你大概也没看到？"

"是吗？谢皇上赏赐！"

乾隆扫视大家，只见个个魂不守舍。乾隆觉得气氛有点怪：

"你们怎么了？小燕子呢？"

"她……她……在里面……在里面……"紫薇吞吞吐吐地说。

"叫她出来！越来越没规矩，听到皇阿玛来了，也不出来迎接！"

"是……是……"紫薇不知道怎么办才好，求救地看尔康。机智的尔康，这下也应变不出来。永琪更不用说了，呆呆的像个雕塑。

乾隆奇怪极了，看看这个又看看那个。

含香突然伸手挽住乾隆的胳臂，给了乾隆一个好甜的笑，清脆地说：

"皇上既然赐了烤鹿肉、烤羊肉……何不去宝月楼跟我一起吃？我还没有吃晚餐呢，本来想过来和小燕子她们一起吃，但是，她们已经吃过了！听到烤鹿肉……觉得好馋啊，那个回族厨师又表演了一手，是不是？"

乾隆看到含香这么主动，这么亲热，实在意外极了：

"是啊！厨师说是道地的新疆做法，不知道合不合你的口味？"

"那么，我们就去吧！别等菜凉了，不好吃！"含香挽着乾隆就向外走。

乾隆怔了怔，就哈哈大笑起来："好啊！好啊！我们走吧！"回头对一屋子发愣的大家说道："棋，只好改天再来下了！"

乾隆带着含香而去，大家连"恭送皇上"都忘了说。

乾隆一走，永琪就虚脱地倒进椅子里，拍着额头说：

"如果再找不到小燕子，我看，我是'横也是死，竖也是死'！"

漱芳斋里，大家很惨。小燕子陷在棋社，情况更惨。

她已经被折腾得蓬头垢面，正在炉子前面拼命烧火。老板娘凶神恶煞般，双手叉腰站在她身后，恶狠狠地喊：

"火不够旺！你死人呀！会不会烧火？多加一点柴火，知不知道？"

小燕子恨得牙痒痒，心想："真倒霉！进了一家黑店，碰到一个黑郎中，外带一个母夜叉……功夫都比我好，我怎么会这样倒霉呢？都是永琪害我……"正想着，老板娘大吼：

"火烧旺一点！听到没有？"

一面说，那老板娘提起脚来，对着小燕子屁股一踹，小燕子往前一扑，差点跌进炉火里去。她跳了起来，大骂：

"你想把我烧死是不是？"

老板娘又是一踹，小燕子飞身而起，想逃开，哪里逃得掉，结结实实又挨了一脚，摔倒在地。老板娘拍拍手说：

"好漂亮的狗吃屎！要不要再来一下！"

小燕子连忙说道：

"不要了！不要了！好女不吃眼前亏，我烧火……烧火……"

小燕子拼命用嘴去吹火。一阵灰被她吹得飞了起来，飞了她一脸一身。她抓了一把火钳，在火里乱捅，再抓了一把扇子，拼命煽火，扇得满屋子又是灰又是烟。"你该死！"老板娘伸手就去拧她的耳朵，她要躲，哪里躲得过，老板娘行动像闪电，已经拎住了她的耳朵，拼命拉扯。小燕子大叫：

"哎哟！哎哟！母大王，饶命！小燕子不敢了……"

"要不要乖乖烧火了？"

"要……要……要……"

小燕子跪在火炉前，火光映红了她的脸，脸上又是灰又是伤，好生狼狈。

烧完了火，老板娘又押着她去挑水。小燕子在大杂院的时候，过的也是苦日子，但是，有柳青、柳红和一些老奶奶、老爷爷照顾着，她可没有做过粗活。现在，要她挑水，她就头痛了。原来那水担并不容易平衡，她又贪心，把水桶盛得太满。她挑着水，歪歪倒倒地走来，要把水倒进水桶。谁知一倒之下，水桶一歪，竟然把整桶的水全部倒在地上，而且倒在老板娘的鞋子上。

"你找死！"

老板娘大怒，"砰"的一声，就给她一个"爆栗子"。小燕子想要跳开，哪里跳得开，额上结结实实地挨了一记，痛得眼泪直流，脚下踩到水，又滑了一跤，摔得四仰八叉，惨不忍睹。

"哎哟！哎哟……"小燕子喊，"我真是出门不利，碰到了鬼……"

小燕子一句话没有说完，母夜叉的脚已经踩上了她的胸脯。

"你说什么？再说一遍！"

"我说，你可以跟容嬷嬷去拜把子……"

"听不懂，一定不是好话……"老板娘的脚，就用力踩下去。

"哎哟哎哟……"小燕子急忙喊，"轻一点，轻一点，把我踩死了，你还得抬我去乱葬岗，不是挺麻烦吗？我是说……你是女王！大女王，大大女王，大大大女王……"

老板娘脚下一松，小燕子哼哼唧唧爬起身。一面清除地上的积水，一面低低地叽里咕噜："女王八，大女王八，大大女王八，大大大女王八……"

然后，老板娘又押着小燕子洗碗。脏碗叠得一摞一摞，好多好多。小燕子洗得腰酸背痛，哼哼唉唉。

"洗快一点，动作麻利一些！不要偷懒！"老板娘喊。

小燕子恨得咬牙切齿的。老板娘把一块抹布，往她脸上一丢。

"盘子上的水，要擦干净！"

小燕子忍耐地拉下抹布，擦着盘子，嘴里低低地念念有词：

"叽里咕噜那不那鲁咪里马虎稀里呼噜嘛咪嘛咪急急如律令！小燕子在这儿作法，大头鬼、小头鬼、无头鬼、冤死鬼、吊死鬼……全体来帮忙，把这个母大虫切八段，烧成灰……"

"你嘴里在叽里咕噜说什么？"

"没……没……没什么，没什么……"

"把干净盘子放到那个架子上，排整齐！"

"是！奴婢遵命……"

小燕子抱着一摞干净盘子，要放上架子，手一松，盘子全部落地打碎。

老板娘尖叫：

"你是故意的！你这个小贼！你这个臭丫头！我打死你……"

老板娘就凶神恶煞般飞扑而下。小燕子大叫：

"救命啊……救命啊……黑店杀人啊……"

老板娘把她压在地上，骑在她身上，噼里啪啦地打着她的耳光。小燕子又气又恨，大骂：

"你当心，我会报仇的！你这个死巫婆、母大虫、母老虎、母乌龟、母夜叉、母王八、母狗熊……我会把你切成一段一段，拿去喂狗！我会带了人来，烧了你的店！要你学狗叫……把你用铁链子绑着，拖着你游街……"

老板娘对着她的脑袋一拳打去，小燕子又晕了。

第
十
一
章

小燕子打了侍卫，离开皇宫，彻夜不归……漱芳斋人心惶惶，大家跑出跑进，神神秘秘，紧紧张张……这种种不寻常的现象，想要瞒住宫里所有的人，几乎是件不可能的事。何况，有人对漱芳斋特别有兴趣，没事都会找出一些事情来，有事，就更加逃不掉了。因此，这天清早，神武门的两个侍卫，就被皇后的心腹巴朗带进了慈宁宫。

永琪和尔康也明白，时间越拖长，保密就越不容易。两人急如星火，一早就来到漱芳斋，对紫薇匆匆地交代：

"紫薇，今天你留在宫里，我和五阿哥还是出去找！我看，令妃娘娘那儿是瞒不住了！你等会儿就去看令妃娘娘，干脆把事情经过都跟她坦白吧！"

"我知道了！你们一有消息，就要回来告诉我！如果小燕子到了会宾楼，也要告诉我，恐怕只有我去劝她，她才肯回来！"紫薇急急地说。

"我知道，我知道！"永琪烦躁地应着，"如果宫里有人问起来，我看，还是说她去了福大人家吧！尔康，恐怕也没办法瞒你阿玛和额娘了，只好请他们帮帮忙！"

"我就不敢说呀！昨晚已经想说了，又怕阿玛额娘的看法跟我们不一样，说不定他们会认为事态严重，不敢担负这么大的责任，认为还是告诉皇上比较好……"

尔康话没说完，小邓子冲进房里手里拿着一张纸条：

"五阿哥！福大人！刚刚晴格格的贴身丫头翠娥跑来，给了我一张条子，要我赶快交给你们！"

尔康急忙接过纸条，打开来看。永琪和紫薇、金琐全都伸头去看。只见纸条上面，写着简简单单的四个字"神招佛至"。

"神招佛至？这是什么意思？是个佛教术语吗？"紫薇诧异地问。

尔康略一思索，恍然大悟，着急地说道：

"糟糕！神武门侍卫，全体招了！老佛爷马上会到！"

"那要怎么办？"永琪大惊，"你确定吗？凭这四个字，这样解释，是不是有些牵强？"

"不牵强！就是这个意思！晴儿生怕纸条落进别人手里，故意写得含糊。我就知道，要瞒住宫里每一个人，是不可能的！"尔康说着，一把抓住永琪，"五阿哥，我们瞒不住了，走吧！"

"去哪里？"永琪心慌意乱，五内俱焚。

"去见皇上！"尔康毅然说，对紫薇叮嘱，"老佛爷来了，你好好应付！"

紫薇睁大眼睛，呼吸急促：

"我要怎么应付？怎么说呀？"

永琪看了尔康一眼，明白了。事已至此，再保密也没有用了。整个皇宫里，除了令妃，只有皇阿玛，或者可以同情小燕子！他一咬牙，抬头看紫薇，正色地、沉痛地说：

"实话实说！失去小燕子，对我而言，是'念天地之悠悠，独怆然而涕下'！什么古人，什么来者，什么今人……都没有意义了！老佛爷是始作俑者，她已经把我们逼到这个地步，现在，她成全也罢，不成全也罢！我豁出去了！事实上，也没有退路了！"

永琪说完，和尔康掉头而去。

两人直奔御书房，见到了乾隆。乾隆听到"小燕子出走了"，太震惊了，简直不敢相信，问：

"什么叫作'小燕子出走了'？朕听不明白！她走到哪里去了？"

"皇阿玛不要细问了！"永琪沉痛地说，"整个经过情形，也不是三言两语说得清楚，总之，就是儿臣为了想教育她，伤了她的自尊，她一气之下，留书出走！昨天一早，打了神武门的两个侍卫，夺门而去。儿臣知道之后，不敢惊扰皇阿玛，也害怕宫里追究，带给小燕子更大的灾难。所以，和尔康出宫去找，谁知，找了一整天，影子都没有！儿臣想，小燕子可能就此失踪了！"

"她打了侍卫？夺门而去？她还有一点规矩没有？怎么越

来越不像话了？"

尔康向前一步，急忙说道：

"皇上！现在来谈'规矩'，恐怕已经晚了！小燕子决心离开，就是被这些规矩吓走了！她连格格的身份、准王妃的地位、紫薇的姐妹之情、皇阿玛的父女之情，以及五阿哥的一往情深，全都不要了！走到这一步，臣认为，她已经破釜沉舟，不再回头了！"

乾隆看着神情悲痛的永琪和尔康，明白事态的严重性了，震动得不得了。

"破釜沉舟？不再回头了？你们的意思，她不是在耍个性，不是撒撒娇，发发小孩脾气，不是跟你们开玩笑？"

永琪摇摇头，声音里带着锥心之痛：

"儿臣已经后悔得不得了，小燕子就是小燕子，可是，我们大家一定要把她变成另外一个人，一个知书达理的大家闺秀！她变不了，我们就个个跟她生气，处罚她！让她身心饱受煎熬！现在，我失去了她，实在痛不欲生！才知道大错特错！皇阿玛，不要再说规矩了，没有了还珠格格，还有什么'犯规'可言呢？"

乾隆瞪着永琪，被他那种深刻的沉痛撼动了。失去小燕子？永琪不能失去小燕子，乾隆又何尝失去得起？他沉吟着，还没开口，尔康就急促地禀道："皇上！现在，老佛爷已经知道小燕子失踪了，听说非常震怒！只怕漱芳斋又人人自危了！"就诚挚地、哀恳地说："我们已经走投无路，只得把一切禀告您！求皇上帮忙！如果您不去漱芳斋，臣只怕另外一个格格也保不住了！"

乾隆大震，一个格格受不了委屈，已经离家出走，另一个呢？他急忙站起身来，迫不及待地说：

"我们去漱芳斋！"

漱芳斋已经遭殃了。

太后自从回宫以来，早被漱芳斋的点点滴滴，弄得头昏脑涨。太后是个墨守成规，尊重"祖宗家法"的人。这个小燕子和紫薇，从头到脚，没有一个地方合乎规矩，偏偏皇上百般偏袒，让她投鼠忌器。上次布娃娃事件，令她在乾隆面前都抬不起头来，心里依然隐痛未消。对那个布娃娃的疑云，也依旧未解。至于被小燕子的焰火棒烧了衣服，她更是觉得不祥极了。这时，听到小燕子居然打伤侍卫，私自出宫，她的种种的不满，就汇集成一股强大的怒气。何况皇后和容嬷嬷，一边一个地火上浇油，使她更加按捺不住，就带着皇后、容嬷嬷、桂嬷嬷、晴儿、宫女、太监……浩浩荡荡地到了漱芳斋。

紫薇战战兢兢地迎上前来行礼道吉祥。太后不等她行礼完毕，就盛怒地问：

"小燕子私自出宫，去了哪里？你们是不是有什么阴谋？宫外到底有什么东西吸引你们一再出去？小燕子不是无父无母吗？在宫外还有什么朋友？你最好把所有的事，通通坦白告诉我！"

紫薇看着太后，恭敬而沉痛地说：

"回老佛爷，小燕子去了哪里，我们真的一点也不知道！

我真希望我知道，那么，就可以把她找回来，免得这么多人为她生气，为她伤心。小燕子在宫外没有家，没有亲人，这一年多来，皇宫就是她的家，皇阿玛和我就是她的亲人！吸引她一再出宫的，是宫外那种自由的空气！在宫外，没有人嫌弃她不会背唐诗，不会念成语！"

皇后在太后耳边低低说道：

"这个紫薇格格，可念过书，能说善道，死的都可以说成活的！臣妾几度和她'沟通'，都败在她的'口下'！恐怕老佛爷要注意一点！上次夹手指的仇，她还记着呢！"

容嬷嬷在太后另一边低低说道：

"那个布娃娃，到底是从哪儿来的，还是一个谜！雪缎虽然是宫里用的东西，奴婢已经查过了，宫里到处都有！几个娘娘拿它作人情，分给格格丫头奴婢……恐怕这个漱芳斋，也有！"

太后点头，怒容满面，疾言厉色地说：

"紫薇！你再不说出小燕子的下落，你是要我把你带回慈宁宫问话吗？"

金琐大惊，夹手指的情景，还历历在目，就冲上前去，"嘣咚"一跪，痛喊道：

"老佛爷开恩！上次小姐上了夹棍，差点送命！实在受不了再来一次，如果老佛爷要带她回慈宁宫，不如带我去吧！我和小姐从不分开，小姐知道的事，我通通都知道……"

金琐一跪，明月、彩霞也上前，通通跪下，磕头喊道：

"老佛爷开恩！老佛爷开恩！"

"放肆！"太后皱眉说，"我和格格谈话，也有你们这些丫头插嘴的份！容嬷嬷、桂嬷嬷！给我教训她们！"

"喳！"

容嬷嬷好得意，急步上来，劈手就给了金琐一耳光。

桂嬷嬷带着其他嬷嬷上前，噼里啪啦，明月、彩霞也挨打了。

紫薇一急，也跟着跪下了：

"老佛爷！为什么要这样？难道我们大家，就不能用言语沟通，一定要打吗？"

"沟通？我问了你半天话，你一句坦白的答复都没有！你哪里有诚心和我沟通？你根本就在和我玩花样……"

太后一句话没说完，乾隆带着永琪和尔康，匆匆赶到了。太监赶紧通报：

"皇上驾到！"

太后和皇后一惊，怎么乾隆又得到消息了？

乾隆已经急急地跨进门来，大喊：

"停止！不许打人！怎么又动手了？"

嬷嬷们马上住手，跪了一地，山呼万岁。乾隆怒极，不能和太后发作，就上前和这些嬷嬷发作，大骂：

"你们这些老刁奴，总有一天，朕把你们全体处死！现在，通通滚下去！"

嬷嬷们屁滚尿流地出房去。只有容嬷嬷悄悄起立，蹭到太后身边去站着。

"紫薇！起来说话！金琐、明月、彩霞，你们也起来！"

乾隆说。

"谢皇阿玛!"紫薇起身。金琐、明月、彩霞也谢恩起立,退到一边站着。

乾隆这才抬眼,看着太后,说:

"老佛爷,是不是小燕子私自出宫的事,又让老佛爷操心了?"

"皇帝已经知道了?"太后竭力忍耐着,"那个丫头不只'私自出宫',还打了侍卫,夺门而去,彻夜不归!皇帝,如果你再袒护那个丫头,对她的行为不闻不问,恐怕她会越来越坏,总有一天,变成不可收拾!这个紫薇丫头,知情不报,也要一并处罚,不能饶恕!"

尔康听到又要罚紫薇,简直是心惊肉跳。

永琪这时已经黯出去了,一副无所畏惧的样子。

乾隆紧紧地看着太后,难过地说:

"老佛爷,小燕子已经受不了,离家出走了!如果我们的家,真的好温暖,孩子怎么会走?现在,不是立规矩的时候,现在,是怎么找回孩子的时候!小燕子丢了,朕非常心痛,惦记的是她是否安全,不是她该受什么处罚。我们暂时把所有的处罚规矩都收起来吧,把小燕子平安找回来,才是当前最重要的问题!其他的事,都不要再谈了!"

乾隆这一番话,让紫薇、尔康、永琪、金琐、晴儿都好震动。

太后惊异地看着乾隆,一时之间,哑口无言了。

皇后和容嬷嬷敢怒而不敢言。乾隆没有忽略她们,走到两人面前，一脸寒霜，语气铿然地说道：

"皇后！你和容嬷嬷就待在坤宁宫，管你自己的事情吧！小燕子和紫薇，请你永远不要过问！这个漱芳斋，你们最好不要再进来！否则，朕上次说过的话，朕会让它实现的！"

皇后大震，踉跄一退，容嬷嬷颤巍巍地扶住。太后听了，实在生气，向前一步，正想说话，晴儿拉住太后的衣服。太后回头，晴儿悄悄地对她摇摇头。太后愣了愣，勉强地按捺了自己。

乾隆就当机立断地喊：

"尔康！"

"臣在！"

"马上传你的阿玛进宫，朕要全面搜查北京城，找寻小燕子！"

"臣遵旨！"尔康答得好有力。

"永琪！"乾隆又喊。

"儿臣在！"

"传令鄂敏，带队去城外搜寻！但是，不得惊扰老百姓，只能暗访！"

"儿臣领旨！"永琪也答得好有力。

小燕子完全不知道，整个御林军都出动了，大家在北京城里城外，到处找寻她。

小燕子很惨，正在棋社的后院劈柴。她披头散发，狼狈不堪，脸上青青紫紫，都是伤痕。老板娘虎视眈眈地站在一边，手中，还拿了一根藤条。她稍有不慎，藤条就打上身来。

有些工人在旁边做工，对小燕子依旧视而不见。

"劈快一点！用力一点！那个木柴，要劈成一片一片，不是一块一块！你不要偷懒！快做！"老板娘嚷着，手里藤条一挥。

小燕子跳起身子躲，就是躲不掉，藤条扫到背上，她痛得龇牙咧嘴，瞪着眼睛嚷："你要我做工，就不要打人，哪有这样的恶霸！"说着，就求救地看着那些工人，喊："你们也都麻木了吗……"

老板娘手里的藤条，哗啦哗啦地抽了过来，小燕子东跳西跳，就是闪不过那些鞭子。小燕子不禁痛喊出声：

"母夜叉！你给我记着，风水轮流转！我会把你像这些柴火一样，砍成一片一片，劈成一块一块……"

唰唰唰唰……藤条雨点一样落在小燕子身上。

"好了好了！我不敢了，我做工……做工……"

老板娘收了藤条，小燕子奋力劈柴，劈着劈着，忽然把斧头对着老板娘的头顶砸了过去。自己就向后院门的方向，拔腿就跑。

老板娘不慌不忙，用藤条迎向斧头，一拨，斧头就滴溜溜地转向小燕子，当头劈下。小燕子抬头一看，斧头就在头顶，大惊：

"哎哟，我的妈呀……"

小燕子急忙用手抱着头，滚倒在地，连续几个翻滚滚开，斧头落地，以毫厘之差，插在她身边的地上。小燕子惊魂未定，动了一动，才发现自己的衣袖被斧头钉在地上，这一惊真是非同小可。

"女大王！饶命，我知道你的厉害了！不敢了！这次是真的不敢了……"

几个工人看了看小燕子，就害怕地低头做自己的工作。

母夜叉走了过去，拾起斧头。

"怎样？是要跟我比武呢？还是要砍柴呢？"

"我砍柴！我砍柴！我砍柴……"

小燕子说着，不敢再出花样了，乖乖地，一斧头一斧头地砍着柴。

砍完了柴，小燕子又被押去洗衣服。她坐在水井边，一大堆的脏衣服和被单，堆得像小山一样高，小燕子拼命搓洗着。老板娘拿着藤条，坐在一边，悠闲地观望。

小燕子一边洗，一边叽里咕噜地说着："早知道，我就不要耍个性，背几句'前不见古人，后不见来者'比这个舒服多了！我怎么会这么倒霉？这一次，变成'走进一间房，四面都是狼'了！一个老公狼，一个老母狼……"她偷眼看看那些无动于衷的工人："还有好多'木头狼'！"

"你嘴里在说些什么？是不是在骂我？"老板娘问。

"不是不是！"小燕子慌忙回答，"我说，你的武功怎么这样好？有这么好的武功，用来对付我这个小丫头，不是太委屈了吗？老板娘，我跟你办一个交涉好不好？我有一个朋友，在城里开了一家酒楼，你押着我去，到了那儿，我的朋友会给你很多银子！一百两，怎么样？"小燕子不再骄傲了，只想赶快让柳青、柳红来救命。

"你有朋友在开酒楼？我还有朋友在开旅馆呢！"老板娘不为所动，"把你押过去？我没那么好的兴致，如果你说的是假的，搞不好你乘机就逃跑了！如果你说的是真的，你那些朋友，说不定会帮你报仇，我才不惹那个麻烦呢！"

小燕子恨得牙痒痒，心想，这个死婆娘，软硬不吃，怎么办？转着眼珠，又说：

"老板娘，还有一个办法，你去皇宫后面的神武门，那儿有我一个朋友……"

"皇宫也有你的朋友？你真是神通广大，来头不小啊！"老板娘打断她，一瞪眼睛，大吼，"洗衣服！快一点！再不洗，当心我的藤条！""唰"的一声，藤条又飞了过来："你在皇宫有朋友，我还和乾隆拜了把子呢！"

小燕子一闪，没有闪过，藤条又抽在背上，痛得咬牙切齿。

老板娘凶神恶煞般地吼着：

"你洗不洗衣服？"

"我洗……我洗……我洗……"

小燕子拼命搓洗着衣服，拉扯着衣服，太用力了，一件衣服被撕成了两半。

"你故意的！死丫头！臭丫头！我打死你！打死你……"老板娘大怒。

鞭子雨点般抽下，小燕子闪来闪去闪不过，忍不住大喊：

"救命啊……救命啊……永琪，你在哪里？"

永琪正带着一队侍卫，在整个商店街搜查。查了一条街又一条街。他曾经两度经过"翰轩棋社"门口，抬头看看，大门深锁，就把这个棋社给疏忽掉了。尔康和福伦，更是连郊外都找了。因为乾隆有令，不得惊扰老百姓，再加上，宫里丢了格格，也不能声张。所以，找得非常辛苦，一连找了好几天，小燕子就像是从地上消失了，一点音讯都没有。

日出日落，朝来暮去……找的人心力交瘁，小燕子也憔悴不堪了。

这晚，小燕子筋疲力尽地坐在地上，摸着瘪瘪的胃：

"几天没吃东西了，好饿啊！饿得我胃都痛了……"

正想着，有个面无表情的工人走来，把一碗剩饭剩菜、一个黑不溜秋的窝窝头往她面前一放，转身就走了。

小燕子看到食物，眼睛一亮，端起饭碗一闻，全是馊的，气得放下饭碗，喊：

"这是臭的！怎么吃？这个东西恐怕连猪都不吃，我怎么吃得下？"

杜老板阴森森地走了过来，冷冷地说：

"我劝你吃了吧！吃了才有力气做工！"

小燕子转动眼珠，思索着，心想还是吃了吧！吃了才有力气逃跑！小燕子想着，就捏着鼻子，拿起碗，勉强吃了一口，立刻"哇"的一声，吐了满地。

"这个死丫头！臭丫头！她存心要把我给折腾死！"老板娘冲了过来。

"唰唰唰唰"，藤条又对小燕子飞来。她东跳西躲，怎样都躲不过，被打得好惨。老板娘大吼：

"给我把地擦干净！"

小燕子无可奈何，只好去擦地。她跪在地上，用抹布从厨房这一头，擦到那一头。嘴里叼着那个窝窝头，心里想：

"还好有个窝窝头……金琐给我做了一大堆好吃的，有水晶蒸饺、什锦包子、牛髓炒面茶、香酥鸡……还有莲子银耳汤！唔……"她馋得要流口水，就不自禁地咂了一下嘴，这一咂嘴，窝窝头就掉进擦地的脏水桶里去了。她睁大眼睛，看着那个窝窝头，眼珠子都快跟着掉进去了。心里在哀喊着："我真是背啊！真是衰啊，真是苦命啊……世界上大概没有比我更倒霉的格格了！"

"唰"的一声，鞭子又上了身。老板娘吼着：

"怎么不动？擦地你会不会擦？赶快擦！赶快擦……"

"我擦……我擦……我擦……"

小燕子拼命地擦着地。

擦完了地，老板娘拎了一桶水，往桌上一放，"哗啦"一声，无数的棋子，有黑有白，全部倒进水桶里。老板娘嚷着：

"快把这些棋子洗干净，再分开装进棋盒里！"

小燕子瞪着那些棋子，火往上冒，大叫：

"洗棋子就洗棋子嘛，既然要分开装，为什么不分开洗？你这样和在一起，不是多了好多工作吗？我洗一夜也洗不完！"

"还敢犟嘴！你砸了我的店，害我几天做不了生意，你只好帮我大扫除！老娘就是要你洗！就是要你分！难道我还要帮你省事不成？洗不洗？"

小燕子大怒，抓起水桶，往地上一泼，水和棋子，哗啦啦泼了满地。

鞭子又噼里啪啦地抽了过来。小燕子简直变成了小青蛙，一个劲儿东跳西躲，但是，地上有水，又有棋子，她踩到棋子，摔了个四仰八叉。

母夜叉就飞扑而下。小燕子大叫：

"我不敢了！不敢了！我洗棋子，我一颗一颗捡起来……"

小燕子跪在地上，开始一颗一颗捡棋子，捡了整整一晚。这次，不争气的眼泪，也一颗一颗往下掉。她一边捡，一边哭，一边喃喃地自言自语：

"老天一定是惩罚我，那么好的皇宫，我不要住，那么好的永琪，我不要他，那么好的紫薇和金琐，我通通不要，还有……那么好的皇阿玛……"

她痛定思痛，眼前的黑子白子，全都模糊一片。

找不到小燕子，漱芳斋里，真是愁云惨雾。

永琪已经几天几夜没有好好地睡过觉，也没好好地吃过一餐饭。当小燕子在捡棋子的时候，他正疲倦地站在漱芳斋的大厅里，眼光投向窗外的苍穹。

金琐捧了一碗人参汤过来。

"五阿哥！这是人参鸡汤，我炖了一大锅，大家都吃一点，增加体力。明天肯定又要忙上一整天！我看您这几天，什么都吃不下，这样不行，把自己累垮了，更没办法找小燕子了！"

"我哪里有胃口吃东西！"永琪一叹。

"金琐说得对！五阿哥，你好歹要吃一点，就算为了小燕子吃！吃了，明天才有体力继续去找她！"紫薇温柔地说。

尔康勉强提起精神来，拍拍永琪的肩：

"我们大家都吃！一起吃！"

大家坐下，各吃各的。永琪勉强地吃了两口，颓然地站起身子。

"我真的吃不下去！小燕子到底去了哪里？一个北京城，几乎被我们翻过来了，那些老百姓，虽然不知道是宫里丢了格格，也一定知道发生了很严重的事，谁还敢藏一个陌生人在家里？"

"我猜，小燕子已经不在北京城里了！她武功虽然不好，脚力很好，说不定已经跑到老远老远的地方去了！"金琐说。

"我也这么想！"紫薇点头。

尔康看着永琪，点头说：

"明天，我们不但要在北京城找，还要把搜寻的范围，扩大到邻近的城镇乡村！如果我们再找不到，只好满街贴告示，让提供线索的人有重赏！小燕子那对大眼睛，长得非常有特色，一贴告示，一定有人报案！"

永琪满屋子走来走去，心乱得不得了。他看看那间大厅，没有小燕子的笑声，没有小燕子的嚣张，没有小燕子的咋呼，没有小燕子的大呼小叫……好寂寞好安静啊！他走到窗前去，脑袋顶着窗棂，心里疯狂般地喊着：

"小燕子，小燕子，只要你回来，我再也不勉强你背诗了，再也不勉强你念成语了！我错了，不再骄傲了！请你回来好不好？如果你执意不当格格了，天涯海角，也让我们一起去流浪呀！"

永琪在疯狂般地想念小燕子，小燕子也在梦着永琪。

小燕子不知道那是梦。她在一片大大的草原上，躺在青山绿水间，闭着眼睛，享受着拂面的和风。风里，有阵阵香味，绕鼻而来。唔，是烤鸭的味道！耳中，听到永琪的欢呼声：

"小燕子！不要睡觉了，你看，我们准备了好多好吃的东西，快来吃！"

她翻身而起，只见紫薇、尔康、金锁正忙忙碌碌地准备野餐，地上铺着桌布，上面全是各种美点，鸡鸭鱼肉。金锁大叫着：

"小燕子！你看，有蒸饺，有鸡汤，有小笼包，有豌豆黄，有绿豆糕，有烤鸭，有蹄髈，有鱼翅，有燕窝，有熏鸡，还有你最爱吃的'一口酥'……快点来吃啊！"

她飞奔过去，欣喜若狂。

"我饿死了！我饿死了！哇！这么多，我先吃哪一样好呢？"

她正要对那桌食物"飞扑而下"，永琪忽然很快地拦过来，拦住了她。

"要吃东西，先要背诗！"说着，就念，"前不见古人，后不见来者，念天地之悠悠，独怆然而涕下！"

"哪有那么麻烦？吃东西还要背诗？"小燕子抗议地喊。

"要背！要背！一定要背！"

"要背要背！一定要背！"尔康也跟着喊。

小燕子求救地看着紫薇，谁知紫薇也喊着：

"要背要背，一定要背！"

小燕子呱嘴呱舌，饿得肚子里咕噜咕噜叫，痛苦得不得了，只好背诗：

"前不见古人，后不见来者……背不出，背不出，我先吃东西再说！"

她再度扑向那些美食，谁知，一刹那间，所有的食物都不见了。小燕子大惊，抬头一看，永琪、紫薇、尔康、金琐全部消失，只有自己，站在荒凉的旷野。她顿时心慌意乱，大喊："永琪！永琪……紫薇……尔康……金琐……回来回来，我背诗！我背我背……"拔脚想跑，竟然跑不动，摔了下去。

小燕子这样一摔，就从梦里摔醒了。发现自己滚倒在地上，睁眼一看，和杜老板的眼光接个正着。小燕子大惊，想跳起身子，才发现自己被绑得结结实实，倒在厨房的地上。杜老板正很有兴味地看着她。

一时之间，她还不能从梦中回到现实，四面张望，见到厨房里只有杜老板，什么人都没有，更别提那些美食了。她不禁悲从中来，喃喃地念道：

"前不见蹄髈，后不见烤鸭，念肚子之空空，独怆然而涕下！"

杜老板走了过来，拉了一条小板凳，坐在她面前，研究着她，问：

"你在叽里咕噜，说些什么？做梦了？"

小燕子哀求地说：

"天亮了，我又可以做工了！这个绳子，可不可以解掉了？"

"料你也翻不出我的手掌心！"杜老板用刀挑断了绳子。

小燕子伸手伸脚，浑身都痛。躺在地上，动弹不得。杜老板就盯着她，说：

"你学乖一点吧，不要再抵抗了，你那一点点小功夫，实在不是我们的对手！落到我们手里，你就是死路一条了！这样吧！你跟了我，做我的小老婆！我教你下棋，教你练武，还让你这一生穿金戴银，从此不用到处流浪，讨生活了！怎么样？"

小燕子听了，气得眼睛冒火，对着杜老板一口啐去。

"呸！我连阿哥都不要嫁，还轮到来当你的小老婆……你这个不要脸的死癞蛤蟆，也不撒泡尿，自己照照，是个什么东西……"

小燕子话没说完，杜老板一伸手，就掐住了她的脖子，她几乎不能呼吸了，呛得直咳。

"喀喀！喀喀！有话……好说……好说……"

"你要不要'好说'呢？"杜老板问。

"要……要……要……"

杜老板松了手。

这时，老板娘悄无声息地出现在杜老板的身后。小燕子看到了，心里一动。"那么，你要不要嫁我？"杜老板盯着小燕子问。

"你已经有老婆了，你的老婆会不依的，会生气的，你又打不过你的老婆……"

"谁说的？"杜老板恼怒地说，"不要理那个母夜叉，只要你跟了我，我保证给你穿好的，吃好的……这家店都交给你管……"

杜老板话没说完，老板娘一声大叫，纵身扑上，嘴里大叫：

"你这个老色鬼！我要了你的命……"

杜老板急忙跳了起来，老板娘已经对着他的脸，一把抓去，杜老板闪避不及，脸上抓出五道血痕，顿时大怒，仓促应战，夫妻两个就大打出手。

小燕子乘机跳起身子，吆喝着：

"杜老板！打呀！打呀……不要认输！打给我看！只要你赢了她，我就跟你！把这个母夜叉打得落花流水，千万不要认输！打不过你就不是男子汉……打呀！用力地打呀……"

老板娘听了，气得发昏，对着杜老板，拳打脚踢，虎虎生风。杜老板也怒火中烧，打得稀里哗啦。两个都是高手，一时之间，竟然打得难解难分。

小燕子一看，机不可失，悄悄退后，闪电般地朝后门奔去。

"不好了！小丫头跑了！"杜老板大叫。

小燕子一边逃，一路把盘子、饭碗、锅子、棋子……全部拨在地上，一阵稀里哗啦，满地碎片，老板娘踩到碎片，差点摔跤。

老板娘急忙收手，大喊：

"给我追呀！来人呀……给我把那个臭丫头追回来……"

小燕子已经打开后门，狂奔而去了。

街上，有个结婚队伍，正在热热闹闹地前进。新郎骑着大马，神气地走在前面，吹鼓手吹吹打打，后面是花轿和抬嫁妆的队伍。

小燕子从巷子里狂奔而出，杜老板带着一群打手，拿着木棍，追了过来。小燕子想施展轻功，奈何早已衰弱不堪，轻功也不灵了。打手们七嘴八舌地喊着：

"我家丫头逃跑了！大家帮忙追呀……"

小燕子回头一看，追兵已近，再也顾不得了，就蹿进结婚队伍，横冲直撞。队伍大乱，抬花轿的轿夫被撞得一扑，新娘竟然跌出花轿。新郎惊得从马背上摔了下来，场面一团混乱。新娘跌落在地，大惊，尖叫：

"救命啊……救命啊……"

小燕子一看，好生抱歉，急忙把新娘拉了起来，看到新郎的马，灵机一动，就把新娘拉过去，一把推进新郎怀里，气急败坏地大喊："后面有人来抢亲！"指指追兵："是那个杜老板，要抢新娘做小老婆！你们两个赶快抵抗！我来传递消息……对不起，我要逃走了！"

小燕子就飞身跃上了新郎的那匹马，策马狂奔。

新郎大惊，糊里糊涂地大喊："救命啊！有人抢亲啊……"指着杜老板那群人："他们要抢亲啊！"

杜老板拿着棍棒，穷凶极恶地跑来。喜娘也指着杜老板，跳着脚惊叫：

"抢亲啊……抢亲啊……他们要抢亲啊……"

新娘吓得尖叫。吹鼓手和迎娶的年轻人，就义愤填膺地拿起轿杆、乐器、喜牌和抬嫁妆的扁担，嘴里大喊着：

"敢来抢亲！杀呀！打呀……"

大家冲向杜老板，没头没脸地大打出手。

"我们在追丫头……"杜老板大叫。

"打！打！打……"大家哪里听得见，纷纷大喊。

两路人马，打成一团。

小燕子已经骑马奔得老远。

第十二章

小燕子骑着马，一阵狂奔，奔到了会宾楼前面，大喊：

"柳青！柳红！师父……快来啊……"

柳青、柳红和蒙丹奔出大门，看到小燕子，大家又惊又喜，叫着：

"小燕子！小燕子……你来了，你总算来了……"

小燕子已经筋疲力尽，头昏眼花，再也支持不住，从马背上滚落下来。柳红急忙上前，一把托住了她。小燕子倒在柳红怀里，气喘吁吁，脸色苍白地说：

"有个大公狼……还有个大母狼……在追我……快去帮我报仇……"

她一句话没有说完，眼前一黑，就力尽地昏厥过去了。柳红大惊，抱住她急喊：

"小燕子！小燕子！小燕子……怎么满脸是伤？怎么这样惨？"

"快抱进客房里去！"蒙丹说。

柳青当机立断：

"柳红，你们照顾她，我去给学士府送个信，告诉福大人，小燕子找到了！免得他们还在城里城外到处找！"

"是！"柳红抱着小燕子进房去。

柳青又不放心地问：

"她说有什么公狼母狼的是什么玩意？"

"你快去！管他公狼还是母狼，有我！"蒙丹说。

柳青就赶紧奔去学士府送信了。

片刻以后，永琪和尔康已经得到了消息，两人匆匆忙忙地赶到了会宾楼。只见小燕子躺在床上，脸上青青紫紫，都是伤痕，手腕上有绳子的勒痕，手臂上还有鞭痕。柳红说，已经检查了小燕子，身上全是鞭痕和瘀伤。所幸没有伤筋动骨，已经给她擦了跌打损伤膏。永琪和尔康震惊极了，永琪更是心痛得不知道该怎么办才好。正在谈论间，小燕子悠悠醒转，眼睛一睁，就大叫着跳起身子：

"你这个母夜叉、母大虫、母老虎、母妖怪……我跟你拼了……"

她一面喊，一面双手乱舞。永琪急忙扑过去，紧紧地握住了她的手，喊：

"小燕子！是我！是我……是永琪！是我啊……"

小燕子这才发现，握住自己的，竟然是永琪。她睁大眼睛，不敢相信地看着永琪，像是做梦一样，讷讷地问："永琪？永琪？"四面看，就看到尔康、柳青、柳红、蒙丹的脸。

大家都围着床，关切地、紧张地看着她，她惊喜交集，热泪盈眶，高兴得口齿不清了："你们都在这儿？我……我……"

"小燕子，"尔康急急地问，"你碰到什么事了？怎么全身都是伤？"

永琪用双手把她的手紧紧地合着，心痛而着急地说："小燕子！看着我！"就热烈地盯着她："你安全了，不要怕，没有人能够伤害你了！知道吗？你回到我们身边了！"

小燕子痴痴地看着永琪，忽然有了真实感，一下子就扑进他怀里，痛哭失声了：

"永琪！你好坏……你害我被人欺负……害我差点死掉……哇！"

永琪紧紧地搂着她，觉得眼眶湿湿的，喉咙哽着好大一个硬块：

"是！我好坏，我知道！我已经骂死自己了！这几天，我们找你找得快发疯……谢谢天，你回来了！我再也不会勉强你了！你回来就好，回来就好……不要哭，什么事都交给我们……天塌下来，让我帮你撑……"

大家都眼眶红红的，看着他们。

小燕子哭了一会儿，抬眼再看永琪。看着看着，越看越委屈，呜呜咽咽地说："你好狠心……我已经几天没吃东西了，好不容易有烤鸭吃，你还要我先背诗……"一边说，眼泪就滴滴答答往下掉："哪有这么坏……不背诗，就不给我吃东西……"

永琪听得糊里糊涂，却被她的虚弱和眼泪弄得心都碎了：

"哪有这回事？不背诗不给你东西吃？好好好……以后都不背诗，再也不背诗了！"

蒙丹听出一些苗头了，惊问：

"小燕子，你几天都没有吃东西吗？是不是真的？"

小燕子拼命点头。柳红睁大眼睛说：

"怪不得你这么虚弱！还好，我们什么吃的都现成！我去给你弄吃的来！"

柳红就急急地奔出去了。

"什么？你几天都没有吃东西？"永琪一瞪眼睛，怒上眉梢，"怎么可能？你不是带了钱走的吗？到底，你碰到什么事情了？"

尔康拉了永琪一把，说：

"你不要急，看小燕子这个样子，她这几天，过得一定非常辛苦！她的故事，恐怕一言难尽。我们先让她吃饱了，再洗个澡，换上干净的衣服，再来听她说！现在，她怎么有力气说呢？"

"对对对！让她精神恢复一点，慢慢说！反正，是谁惹了她，是谁欺负了她，这人就死定了！"柳青义愤填膺。

片刻以后，小燕子已经梳洗干净，换了衣服，坐在桌子前面。桌上堆满了食物，鸡鸭鱼肉，热汤热饭，应有尽有。小燕子好像饿了几百年似的，筷子也不拿，就用双手撕着烤鸭大吃特吃，吃得狼吞虎咽，看得大家目瞪口呆。

"你不要吃那么急，饿久了，应该要慢慢吃！先吃个馒头比较好！"蒙丹说，殷勤地递上馒头。

"好像应该先喝一点汤!"永琪急忙盛了一碗汤给她,"来!喝一口汤!慢慢喝,别噎着了!"

"不!还是先吃一点清淡的!喝点小米粥!"柳红盛了一碗粥给她。

"她喜欢吃烤鸭,吃一点也没关系!"柳青撕了一只鸭腿给她。

"还是先吃一点面食比较好!喏!这是你最爱吃的蒸饺!"尔康把蒸饺夹到她碗里。

小燕子看着大家,见大家拼命给她添菜添饭,要她吃这个吃那个,想到陷在棋社的惨状,心里一个激动,放下筷子,伏在桌上,"哇"的一声又哭了。大家急忙喊:

"怎么了?怎么了?又哭了?"

永琪心疼得快死掉,掏出手帕给她,又不住地用手拍着她的背脊,哑声地说:

"我知道你受了好多委屈,受了好多苦!你不要难过……居然几天没吃饭,简直不可思议!无论是谁,让你受了这些委屈,我一定帮你报仇!你身上的每一个伤痕,我都要让他十倍百倍地还回来!你放心,我会让他碎尸万段!"

小燕子抽噎了一阵,抬起头来,看着大家,问:

"紫薇呢?金琐呢?"

"她们还不知道你找到了,这些天,为了找你,已经弄得人仰马翻。整个经过,我们再慢慢告诉你!刚刚,是柳青到了我家,说是要见我!我正在长安街挨家挨户找你,下人一说,我马上猜到是你有消息了,急忙找到五阿哥,赶到我家。

见到柳青，我们就来不及回宫，先到这儿来看你！"

"因为我们上次扮作萨满巫师进宫，很多人都认得我们，所以，尔康认为会宾楼最好不要引人注意！怎么找到你的，我们等会儿再研究一个说法！"柳青补充着。

小燕子吃了东西，精神好多了，看着大家说：

"我被一家黑店坑了，那家店的老板和老板娘都会武功，夜里，把我绑在厨房，白天要我做苦工，不做就打，我打不过他们，怎么逃都逃不掉……"

永琪脸都绿了，恨恨地问：

"那家店叫什么？"

"不知道是'干车棋社'，还是'赶车棋社'！"

大家你看我，我看你。

"棋社？"永琪扼腕大叹，"我们找了餐馆、小吃店、食品店、旅馆、酒楼、菜馆、客栈……怎么忘了棋社？"

"赶车棋社？这个棋社的名字怎么这样古怪？"尔康问。

永琪苦苦思索，忽然一拍桌子，跳了起来。

"我两次经过那家棋社，根本没有想到小燕子会陷在里面！'翰轩棋社'！"

大家神态一凛，个个摩拳擦掌。

黄昏时分，杜老板和那个母夜叉正带着手下，在布置被砸坏的棋社，准备重新开门做生意。忽然，"砰"的一声，棋社大门飞裂而开。杜老板和老板娘一惊，回头。

只见小燕子手里拿了一条九节鞭，拦门而立，阳光在她身后闪烁，她站在阳光的光圈中，像个复仇女神，嘴里大叫：

"大公狼,大母狼!小燕子回来了!"

杜老板看到小燕子,大喜,问:

"你是不是想通了?回来当我的小老婆?我就说跟了我没错……"

杜老板话没说完,永琪、尔康、柳青、柳红、蒙丹从小燕子身后,飞蹿而出,直奔两人面前,永琪劈手就给了杜老板一个耳光。杜老板要闪,身后,蒙丹一踹,杜老板闪过蒙丹,闪不过永琪,被结结实实打了一记。

"你这个丧尽天良的混账!你死期到了!"永琪喊着。

"哪儿来的土匪,敢到这儿来撒野……"

老板娘大叫,飞身而起,柳红和柳青,一跃上前,堵死了她。柳青一阵连环拳,柳红一阵连环踢,老板娘武功高强,纷纷闪过,尔康拿了一根大棍子,横地一扫,老板娘跳起身子,躲过脚下的棍子,躲不过柳青、柳红的前后夹击,柳青给了她一掌。

"你这个母夜叉,胆敢欺负小燕子,我要杀了你!"柳青喊。

老板娘肩上背上挨一掌,柳红又直踢她的面门。

"我踢死你!"

老板娘急闪柳红,就结结实实挨了尔康一棍。

"我要把你宰了!剁成肉酱!"

老板娘接连挨了好几下,这才知道来人不弱。杜老板大吼:

"小丫头居然带人来报仇!老太婆,拿出看家本领来,打呀！来人呀！来人呀……"

打手们一拥而入。两路人马就大打出手。一时之间，屋里桌椅齐飞，刚刚才修好的桌子椅子，再度遭殃，全部碎裂。杜老板夫妇，虽然武功高强，但是，尔康、永琪，比他更强。一阵恶斗之后，众打手纷纷被摆平，哼哼唉唉地躺了一地。杜老板夫妇极力奋战，但已捉襟见肘，顾此失彼。

再一阵恶斗，杜老板和老板娘已经打不过了，两人跃到门口，想逃。大家哪里允许他们逃走，打的打，踢的踢，挡的挡……终于把夫妇二人制伏了。

尔康等人很有默契，故意要让小燕子报仇，把杜老板踢到小燕子脚前。蒙丹一脚踩住他的背，把他死死地压在地上，喊：

"小燕子！轮到你了！"

小燕子举起九节鞭，就狠狠地抽过去，一面抽，一面骂：

"打死你这个癞蛤蟆！打死你这个黑心鬼！我说过，我会把你切成一段一段，拿去喂狗！"

老板娘接着被摔到小燕子脚前。小燕子举起鞭子，噼里啪啦打过去：

"大女王！大大女王！尝尝鞭子的味道！我打得你脸蛋开花！"

杜老板和老板娘，这下尝到滋味了，小燕子鞭鞭不留情，打得两人嗷嗷叫唤。

"好了好了！我们认输了！小燕子，就算我们错了……"杜老板求饶地说。

"小燕子的名字，你也敢叫！"永琪大怒，踩着杜老板，死命一踩。

"哎哟！哎哟！好汉饶命啊！"杜老板大叫。

尔康提高声音问：

"还珠格格，这两个犯人要怎么处理？"

"还珠格格？"杜老板大惊，睁大眼睛看小燕子，"这是还珠格格？"

"这个丫头是个格格？"老板娘也不可思议地问。

尔康很有气势地大声一吼：

"还珠格格微服出巡，就是听说你们在为非作歹，存心来试探你们的！下棋是多么风雅的事，你们却用来诈财行骗！格格来了，你们还不知道死期到了，居然胆敢把格格扣在店里做苦工，打打骂骂，现在，你们要怎么死，就看还珠格格怎么发落！"

小燕子就声音洪亮地喊道：

"先把他们绑起来！厨房里有绳子！"

"是！"大家就大声应道。

杜老板和老板娘相对一看。杜老板不相信地说：

"你们是哪条道上的？不要装格格、装大爷了！你们去打听打听，我'笑面虎杜大爷'的名号！招惹了我，你们会不得好死！"

"原来他还有名号！'笑面虎'？"永琪恨得牙痒痒。

小燕子一鞭子抽过去，嚷着："我把你打成'哭脸猫'！"就左右开弓，噼里啪啦地抽过去，顿时，把杜老板一张脸打得东一条西一道："如果你不服气，我还可以把你打成'哭脸鼠''哭脸癞蛤蟆''哭脸狼''哭脸毛毛虫'……"

老板娘看看情势不对，就放声大喊：

"救命啊……救命啊……有强盗土匪啊……救命啊……"

柳青、柳红已经找了绳子过来，大家就把两人绑得结结实实。

老板娘杀猪似的大喊：

"强盗杀人啊！救命啊……土匪抢劫啊……救命啊……"

小燕子对着老板娘的脸，几鞭子抽过去：

"我把你打成'哭脸母夜叉''哭脸母大虫''哭脸老母狼'……"

这样一阵大叫和大闹，终于把外面搜人的官兵引进门来。大批的侍卫冲了进来，一阵丁零哐啷，长剑出鞘：

"哪个是强盗？官兵在此，赶快投降！"

永琪大声一吼：

"看看清楚，我在这里！"

众侍卫抬头一看，大惊，全部跪地，齐声喊着：

"五阿哥吉祥！福大爷吉祥！还珠格格吉祥！"

老板娘和杜老板这一下吓傻了，彼此互看，脸色惨变。

尔康就有力地交代：

"你们赶快把这个棋社每间房间都搜一遍！格格有个包袱，看看在不在这家黑店里？其他的人，去报请巡城御史李大人，要他立刻过来！"

"喳！"

侍卫们立刻行动，进房的进房，出房的出房。

没多久，小燕子的包袱找到了，御史李大人也赶来了。杜老板和老板娘，这才明白，自己是真正地栽了。李大人恭敬地向永琪、小燕子、尔康行礼。

"卑职李宗裕失察，让管辖地区有这等不法之徒，请五阿哥、还珠格格、福大爷海涵！两个人犯，要如何处置？请明示！"

永琪看小燕子：

"还珠格格，你要如何处置他们？"

小燕子想了想，语气铿然地说：

"我要砍他们的头，灭他们的九族，把他们五马分尸！"

杜老板和老板娘吓得屁滚尿流，拼命磕头，喊着：

"格格饶命！格格饶命！"

"在砍头以前，还要他们做一件事！"小燕子转着眼珠，"这儿是棋社，他们居然让下棋变成犯罪，太气人了！我要让他们两个，一人吃一盒棋子！马上执行！"

杜老板和老板娘大惊，磕头如捣蒜。两人不住口地哀求着：

"格格高抬贵手啊！那个棋子都是石头做的，吃不得！"杜老板哭丧着脸说。

"格格女王！格格女大王！我们有眼不识泰山，多多得罪了，我给您磕头了！"老板娘不住磕头。

众侍卫早已把棋子拿来。小燕子又叫：

"等一下！"

小燕子就跑进厨房里，提了一桶黑乎乎的脏水来，把两盒黑白棋子，倒在脏水里，用棍子搅拌了一下，说：

"杜老板，老板娘！奴婢给您两位老人家，做了一桶'黑白棋子污水汤'，就请您两位老人家连汤带料喝下去！"

夫妻二人惨叫出声。杜老板没命地嚷：

"格格救命啊……小人是癞蛤蟆，是黑心鬼，是大公狼……格格高抬贵手啊……小人给您磕头！请您用那个鞭子，抽我们几百鞭都没关系，把我们变成'哭脸癞蛤蟆'也没关系，只要不喝那个'黑白棋子汤'……"

老板娘更是磕头如捣蒜：

"格格女王！格格女大王……你大人不计小人过，饶命啊……饶命啊……这个什么汤……吃不得啊……母大虫给您磕头了……"

"你们黑白不分，给我吃馊水！"小燕子厉声喊，"现在，你们非吃这个'黑白棋子污水汤'不可！"

永琪就大声一吼：

"格格要他们吃，就吃！马上执行！"

于是，侍卫们就掰开两人的嘴，强迫地灌"污水棋子汤"。两人哪里吃得下去，又咳又呛又呕又吐又叫。

尔康看看已经闹得差不多了，和永琪相对看了一眼，就对李大人说道：

"好了！吃够了！人犯交给你，先把他们关起来，查明犯了多少案子，再回报！他们扣押格格，已经是死罪一条！你们务必把人犯看管好，等圣上发落！"

"是！是！卑职遵命！"

小燕子这才拿起自己的包袱，抬头挺胸，扬眉吐气，和尔康、永琪、柳青、柳红、蒙丹一起出门去。

当小燕子回到漱芳斋，整个漱芳斋就乐翻了。

小邓子、小卓子看到小燕子，喜出望外，欢声大叫：

"格格回来了！格格回来了！"

小卓子不知道是该去迎接小燕子好，还是去报告紫薇好，一会儿跑向小燕子，一会儿跑向屋里，闹了个跑前跑后，手足无措。

小邓子急忙念佛："上有天，下有地，天灵灵，地灵灵，菩萨保佑……格格回家了！"就奔到小燕子面前，扑通跪落地，欣喜若狂地喊："小邓子给格格磕头，格格，您可回来了！"

小燕子好感动，喉咙哑哑地吼了一声：

"不是说过，不许磕头吗？"

"是是是！那……我给老天磕头！"小邓子说，就转了一个方向，高举双手，再匍匐地上，大喊，"谢谢老天！谢谢菩萨！谢谢各方神灵！保佑我们的格格平安回家……"

紫薇、含香、金琐、明月、彩霞听到声音，全部奔了出来。顿时之间，院子里响起一片尖叫声：

"小燕子……小燕子……小燕子……"

"格格……格格……格格……"

大家一边喊着，一边奔向小燕子。

小燕子看到大家这样的热情，情绪激动，再看到紫薇，悲从中来，奔上前去，一把抱住紫薇，抱得紧紧的，含泪说：

"紫薇！我以为这一辈子，再也见不到你了！"

紫薇眼泪夺眶而出，捶着小燕子：

"你还说呢？我恨死你了！恨死你了……"

小燕子浑身是伤，被紫薇这样一打，痛得龇牙咧嘴，直叫：

"哎哟哎哟，别打我……好痛！好痛……"

紫薇赶紧放开小燕子，惊看她，才发现她脸上都是伤痕，惊讶得一塌糊涂。

"小燕子！是谁伤了你？怎么回事？"

永琪心痛地喊：

"大家赶快进屋说话！紫薇、金琐，你们别碰她，她全身都是伤……"

"都是伤？"含香回头就跑，"我去宝月楼拿凝香丸！"

小燕子一把抓住含香，说：

"你那个救命的药，留着以后有需要的时候再用！我哪有那么严重？"

明月、彩霞、金琐都好惊讶，急忙上前扶着小燕子，关心得不得了。

"谁敢伤到格格，他吃了熊心豹子胆吗？"

"赶快进去！小邓子、小卓子，宣太医过来看看！"金琐喊。

尔康就上前一步，对紫薇说：

"小燕子交给你们了，我去给皇上复命！"

永琪回头看尔康，问：

"要不要我和你一起去见皇阿玛？"

尔康推了他一下，对小燕子的方向看了一眼，低声说：

"你还是待在漱芳斋吧！她虽然回来了，身心上，都受了好多伤害，你恐怕要费点心，好好安慰她一下！皇上那儿，我就说，我们搜到棋社，把她找到了！"

永琪点点头。大家已经簇拥着小燕子进房去，永琪就急急地跟进去了。

进了大厅，大家搀扶着小燕子。金琐、明月、彩霞搬椅子的搬椅子，绞帕子的绞帕子，拿靠垫的拿靠垫……小心翼翼地把小燕子扶坐在椅子上。小燕子不安地说：

"你们不要这样，我哪有这么娇弱？刚刚还打了一架……打架的时候，所有的痛都忘了，打得好过瘾！"

"怎么会受伤呢？难道你一出去，就跟人打架了？"紫薇问。

"可不是！这次碰到一个公夜叉和一个母夜叉，我打不过他们，被他们欺负得好惨！不过，尔康、永琪和柳青他们，已经帮我报仇了！"就看着含香，"还有我师父，把那两个夜叉打得落花流水！"

提到蒙丹，含香心中一痛。

"你以后再也不可以这样了！你弄得全身是伤，我们也弄得好痛苦，每个人都像热锅上的蚂蚁，快要烤焦了！"紫薇眼圈红红地说。

金琐端了一杯茶过来，也是眼圈红红的：

"小燕子，这些天，小姐几乎天天都在掉眼泪，埋怨自己没把你看好，没有安慰你，没有留住你……夜里也不肯睡觉，只要有个风吹草动，就跳起身子喊：'小燕子回来了！'每天每夜，开门关门就闹个不停！每次开了门，看不到你，就回到房里去伤心……你都不知道！"

小燕子感动得稀里哗啦，紧紧地抓住紫薇的手。

"对不起，紫薇，我不是跟你生气……"说着，瞄了永琪一眼，永琪就对着她深深一揖。小燕子还想矫情，故意转过头去，看着金琐说："金琐，你不知道我有多惨，被那两个夜叉抓起来，每天做苦工，没东西吃，饿得我头昏眼花。有一天，嘴里叼了一个窝窝头，还要擦地，心里就想着你给我做的莲子银耳汤，一不小心，窝窝头掉到擦地的脏水里，当时，我都哭了，恨不得从脏水里捞起来吃！"

大家眼睛瞪得好大好大。

"有这种事？"金琐不信地问。

小燕子痛定思痛，拼命点头。永琪听得心都碎了，怔怔地看着她。

"我夜里做梦，都梦到你们叫我吃东西，可是，我要吃的时候，大家都要我先背诗，背了诗，才可以吃……"

紫薇好心痛，把她的手紧紧一握。

"再也不会发生这样的事了！永远也不会发生这样的事了……"说着，就抬头看永琪，"是不是，五阿哥？"

永琪再也忍不住了，走上前去，一把握住小燕子的手。

"小燕子！我们去卧房，我要单独跟你谈一谈！"

永琪就不由分说地，把小燕子拉进卧室去了。

进了卧室，永琪把房门一关，跑过来，双手抓住小燕子的手。

小燕子好幽怨地看着他，眼神是可怜兮兮的。

永琪就把她的手，放在自己的胸口。盯着她，诚挚已极地、一本正经地说：

"我用我的生命、我死去的额娘来跟你发誓，我再也不勉强你做任何事情！从此，不要背诗，不要学成语，不要做功课……你不喜欢做的事，我们都不要做！只请求你，再也不要离开我！前不见古人，没关系！后不见来者，管他的！眼前没有你，我就完了！"

小燕子眼泪一掉，扑进了永琪怀里，哽咽地说：

"我知道我不够好，学什么都学不会，我好笨！我……"

"你不笨，是我笨！是我笨！"永琪哑声地打断她，扶起她的头，看着她，"让我告诉你，陈子昂、李白、杜甫、白居易、孟浩然……他们加起来，也没有你的分量！他们写下了再伟大的诗篇，都不会让我感到这么深刻的痛楚……你，胜过千千万万的诗、千千万万的成语、千千万万的至理名言……你超越了一切！"

小燕子一瞬也不瞬地看着他，屏息地说：

"你说得好好听，我觉得有点飘飘然了！你的话都是真心的？"

"如果我不是真心的，让我被天打雷劈！"

小燕子笑了，豪气地一甩头：

"好！为了你这几句话，我下定决心，要为你学诗，学成语！要成为你的骄傲！"

永琪拼命摇头：

"你不必！你已经是我的骄傲了！"

"可是……我还是要顾全你的身份，你是阿哥，你有你的地位、包袱……"

"这是谁说的混账话？"永琪粗声地问。

"你说的！"小燕子愣了愣。

"我们不要理那个莫名其妙的人！说那些混账话的人，已经不存在了！现在，站在你面前的，是一个全新的永琪！一个会为你的立场去想，会为你的兴趣去想，懂得尊敬你、欣赏你、怜惜你的男人！"

小燕子太感动了，一瞬也不瞬地看着永琪。然后，她就扑进他怀中，紧紧地抱住了他，把脸颊埋进他的肩窝里。低低地、热情地、承诺地说："我也要为你，做一个全新的小燕子！君子一言，八马难追！"想想，觉得还不够，就爽气地说："再加九个香炉！"

"是驷马……"永琪习惯性地想更正她。

"什么？"

永琪笑了，拥着她，说：

"我发誓不再要求你了，不管是新的你，还是旧的你，我都会好好地珍惜！君子一言，八马难追！再加九个香炉！"

第二册完，待续第三册《悲喜重重》

（京权）图字：01-2025-0195

图书在版编目（CIP）数据

还珠格格．第二部．2，生死相许/琼瑶著．-- 北京：作家出版社，2025.1. --（琼瑶作品大全集）． -- ISBN 978-7-5212-3236-3

Ⅰ．I247.5

中国国家版本馆 CIP 数据核字第 20250BQ781 号

还珠格格 第二部2 生死相许（琼瑶作品大全集）

作　　者：琼　瑶
责任编辑：桑　桑　晓　寒
装帧设计：棱角视觉　纸方程·于文妍
责任印制：李大庆　金志宏
出版发行：作家出版社有限公司
社　　址：北京农展馆南里 10 号　　邮　　编：100125
电话传真：86-10-65067186（发行中心）
　　　　　86-10-65004079（总编室）
E-mail: zuojia@zuojia.net.cn
http://www.zuojiachubanshe.com
印　　刷：唐山玺诚印务有限公司
成品尺寸：142×210
字　　数：159 千
印　　张：7.625
版　　次：2025 年 1 月第 1 版
印　　次：2025 年 1 月第 1 次印刷
ISBN 978-7-5212-3236-3
定　　价：2754.00 元（全 71 册）

品 琼 瑶 经 典

忆 匆 匆 那 年

琼瑶作品大全集